D1322924

J'aimerais tant te retrouver

Fanny Brucker

J'aimerais tant
te retrouver

ÉDITIONS FRANCE LOISIRS

Édition du Club France Loisirs,
avec l'autorisation des Éditions Jean-Claude Lattès.

Éditions France Loisirs,
123, boulevard de Grenelle, Paris.
www.franceloisirs.com

© 2009, Éditions Jean-Claude Lattès.
ISBN : 978-2-298-02957-4

« Roberta a trois enfants
Qui pourraient être mes parents
Parfois j'y pense de temps en temps. »
Cali

« … Sur cette terre, il ne suffit
pas d'être tendre et naïf pour
être accueilli à bras ouverts. »
Albert Cohen
Le Livre de ma mère

Assise au volant d'un break au milieu des embouteillages, Claire Barré se demandait pourquoi il était si compliqué de quitter Paris. Elle envisageait qu'il fût difficile d'entrer dans la capitale, en raison des feux rouges qui régentent la circulation, des axes qui rétrécissent, des livreurs garés en double file ou des déménageurs, souvent bretons avait-elle remarqué, mais elle s'était fait de son départ une idée plus légère.

Lorsqu'elle était contrainte de voir défiler en pleine rue le mobilier rustique de personnes inconnues dont elle déplorait l'installation urbaine – de lourds buffets davantage fabriqués pour des fermes que pour des appartements aux proportions économiques – elle se laissait emporter par le ruban du chapeau rond, voletant au vent de la mer, qui était peint sur la carrosserie du camion.

Aujourd'hui, elle quittait la capitale son propre déménagement dans le dos, comme une tortue dont elle empruntait également la cadence, impatiente de comprendre pourquoi, une fois les portes de la ville franchies, le flot de voitures et de camions ne se déversait pas sur les routes de France dans la même allégresse qu'une classe d'école libérée par la cloche.

Elle profita du ralentissement pour caler derrière elle un carton de vaisselle en déplaçant une bouteille de tequila, de la José Cuervo déjà entamée, qu'elle ne se souvenait pas avoir emportée. Elle avait fait ses bagages très vite, jeté ses vêtements dans un sac, décroché un tableau et deux posters encadrés qu'elle traînait depuis l'adolescence, et récupéré la vaisselle d'une grand-mère qu'elle n'avait connue qu'à travers ces assiettes en porcelaine aux motifs de vieilles roses un peu défraîchies, dont le liseré d'or n'avait pas résisté à l'énergique récurage du lave-vaisselle des temps modernes.

L'arrière de la voiture contenait également deux cartons de ses livres les plus indispensables, son ordinateur portable, sa guitare, et son lustre mexicain en étain aux pendentifs en forme de croix et de têtes de mort qu'elle allait enfin pouvoir installer quelque part sans risquer d'effrayer des enfants qu'elle n'avait pas et qu'elle n'était pas près d'avoir.

Une fois les objets mieux répartis, la tequila ne trouvait plus sa place. D'abord embarrassée, Claire la posa à côté d'elle puis sourit : le siège passager était à présent occupé par José Cuervo, un

Mexicain de soixante-dix centilitres au joli teint ambré qui ne demandait qu'à faire la fête. En jetant un regard distrait aux véhicules arrêtés autour d'elle, Claire chercha la raison qui l'avait conduite à emporter cette bouteille, refusa la pensée mesquine qui faisait d'elle sa propriété parce qu'elle l'avait payée, se revit dans cette épicerie de Mérida sortir des pesos de sa poche, et décrocher au-dessus de la caisse pour faire un compte rond un squelette en plastique à l'utilité de porte-clés que François, son compagnon, avait jugé morbide. Une fois de trop, semblait-il.

Elle avait acheté la tequila pour la rapporter en France et l'avait finalement ouverte le soir même en rentrant du restaurant où elle avait mangé un ceviche au fort goût de poisson qu'elle n'arrivait pas à chasser, mais qu'une gorgée bue à même le goulot, debout dans la chambre d'hôtel, avait instantanément dissipé. Elle se souvint avoir ensuite tendu la bouteille à François en riant, et en lui proposant « Gringo ! » de boire un coup avec elle, mais il avait répondu non merci et était sorti fumer une cigarette.

Elle avait alors replacé la bouteille dans le fatras de souvenirs qu'ils avaient achetés pour les uns et les autres, sans se formaliser que cela fît un cadeau de moins à offrir. C'était sûrement cette inconstance que François lui reprochait encore, oh là là, elle rachèterait la même à l'aéroport le lendemain.

Claire regarda la tequila comme un ami avec qui elle aurait évoqué les souvenirs de leurs dernières vacances coincée dans les embouteillages de la région parisienne. Il ne manquait qu'une gorgée pour que son entité fût parfaite, présentable, offrable. Cette fameuse gorgée.

Voilà pourquoi elle l'avait emportée. Parce que François ne méritait pas de la boire. Tout simplement. En plus, cet alcool avait le pouvoir de tuer le mauvais goût qu'on avait dans la gorge. Il était un peu tôt pour renouveler l'expérience, mais Claire, guidée par l'impulsion de se défaire de son passé, attrapa la bouteille, dévissa le bouchon, et se foutant complètement de ce qu'on pouvait penser d'elle, s'enfila une rasade.

Elle regarda droit devant pour ne pas se laisser intimider par les éventuels coups d'œil de ses voisins et, après avoir revissé le bouchon en déplorant le modernisme de fermeture, lui asséna une tape ferme de la paume de la main comme s'il se fût agi d'un ancien liège. Elle avait toujours envié cette virile façon de faire ; il y a des gestes dans la vie qui vous donnent la puissante impression d'aller de l'avant. De fait, sa file se remit à bouger. Bien que cela permît à Claire de se détacher de ses voisins de côté, elle ne put s'empêcher de s'interroger : avancer comme ça, par à-coups, lui avait de tout temps semblé un mystère. Que se passait-il tout là-bas devant ? quelqu'un avait-il organisé un jeu de béret qui permettait au premier conducteur de la file numéro deux de sortir du lot avant d'appeler, numéro trois et numéro quatre le tour d'après ? En tout cas c'était toujours pareil, les petits malins cherchaient à se faufiler dans la meilleure équipe.

Ou alors il s'agit d'un accident, pensa Claire, mais elle n'avait remarqué aucun véhicule de secours ou de police remonter avec autorité la bande d'arrêt d'urgence. Une fois de plus le mystère resterait entier, et dès qu'on se remettrait à rouler chacun profiterait de cette liberté pour s'enfuir au plus vite sans explication.

Elle, curieusement, appréciait aujourd'hui que sa fuite fût ralentie, peut-être afin d'en savourer la teneur. Elle quittait Paris. On ne met pas tous les jours à exécution un projet dont on rêve depuis longtemps.

Hier soir, ce n'était pas la goutte qui était de trop dans le vase, c'était la carafe. Depuis des mois le scénario était le même, François défendait ses deux filles bec et ongles quoi qu'elles aient dit, fait ou volé, mangé en cachette, cassé ou inventé auprès de la voisine, laissant Claire se débattre avec l'image acariâtre qu'elle commençait à avoir d'elle-même et qu'elle avait soudain décidé de fracasser, comme le buste en plâtre de quelqu'un qu'on ne peut plus supporter.

Elle s'était dit qu'à son travail on remarquerait à peine son absence. De toute manière ça faisait un moment que ça la peinait ça aussi, cette façon qu'on avait de toujours trouver « invraisemblables » les chroniques de mœurs « originales » qu'on lui demandait d'écrire. Dans un gratuit en plus, et pour un salaire qui en frôlait l'esprit.

Elle avait prévu de demeurer quelque temps dans la maison d'Isabelle, une amie d'adolescence qui, depuis qu'elle vivait à Milan, avait invité ses proches à disposer quand ils le souhaitaient de son pied-à-terre au bord de la mer. La clé se trouvait chez la voisine, Mme Merlin.

Claire avait dû y séjourner six ou sept fois, et c'était suffisant pour avoir fait de cette petite maison de famille un peu vieillotte, un des rares points de repère de son existence.

Elle avait connu la grand-mère qui y vivait à l'année, une dame charmante qui leur préparait d'énormes goûters dont Isa et elle donnaient la moitié en cachette au vieux chien dans le jardin, puis la période sans chien, et la grand-mère couchée qui ne préparait plus rien. Elle se contentait de crier du fond de son lit : « C'est vous les filles ? Prenez de quoi dîner dans le réfrigérateur. Mme Merlin a fait des courses ! » Mais quand on a dix-huit ans et plus que cinq jours pour réviser son bac, que le bruit des vagues vous parvient malgré les volets laissés fermés pour ne pas être tenté, on mange des bonbons et des gâteaux toute la journée en révisant ou en faisant semblant, et rien aux heures normales. Claire passait bien trois heures par jour a essayer d'obtenir son examen en marquant des paniers dans la corbeille avec les interros de son classeur de maths, et faisait remarquer à Isabelle que plus elle s'entraînait plus elle avait son bac.

C'est également dans cette maison qu'elles connurent toutes les deux leurs premiers flirts, ayant choisi de se débarrasser de leur totale inexpérience avec des provinciaux, pour se permettre d'afficher plus d'audace, quand viendrait le tour des Parisiens plus âgés qu'elles convoitaient. Plus tard, Claire y avait amené les fiancés qui avaient compté dans sa vie. C'était une forme de test. S'ils n'aimaient pas la petite maison d'Isabelle à Saint-Palais-sur-Mer où Claire avait enfoui ses rêves et ses secrets, ils n'aimeraient pas ce qu'elle était.

Mais quand Claire avait téléphoné à Isabelle en Italie, il y a plusieurs semaines, pour lui faire part de son projet et s'assurer de la disponibilité des lieux, celle-ci lui avait répondu d'en profiter, au contraire, parce que ce serait sans doute la dernière fois. Elle était désolée, elle-même n'y venait plus, l'immobilier avait terriblement grimpé dans cette région, elle allait bientôt mettre la maison en vente pour acheter, c'était plus près, un deux-pièces dans le Midi.

Un deux-pièces dans le Midi. Claire avait imaginé un pauvre bikini à ficelles brassé par le ressac de la plage de Ramatuelle. Ça l'avait rendue triste. Elle s'était demandé où était la jeune fille partie nager dedans. Si elle s'était noyée et dévêtue avant.

Leur jeunesse peut-être.

— Ah bon, avait-elle répondu. Tu la vends ?

Contrariée par la nouvelle, elle avait encore attendu un mois, puis s'était réveillée ce matin décidée à quitter François, et prête à s'installer dans cette maison jusqu'à sa vente, comme on se rapproche d'un dernier être cher pour en profiter jusqu'au bout.

10 h 30, François devait être à son bureau. 10 h 32, son portable lui confirma qu'il ne lui avait pas laissé de message. 10 h 33, le silence devait régner dans leur appartement vide, leur grand lit encore défait, la femme de ménage n'arrivait qu'à 11 heures le lundi. 10 h 34, les filles étaient en récréation, elle ne les reverrait probablement jamais.

Elle tenta d'appréhender son émotion et eut la curieuse impression de n'en ressentir aucune. Les filles de François étaient devenues depuis de longs mois un tel sujet de discorde, leur brutale expulsion de son existence apportait bien le soulagement escompté.

Sa file avançait de nouveau, Claire avait le sentiment d'être enviée par ses voisins, elle n'osait pas, par humilité, croiser leurs regards, mais ils avaient raison, elle était bien dans l'équipe gagnante, celle qui suscite toutes les convoitises, les dépassements abusifs, les forcings avec ou sans clignotant, tout le monde n'est pas en train d'astiquer ses états d'âme.

Une seconde d'inattention et voilà, elle allait devoir le laisser passer, sûrement un connard de VRP avec sa veste pendue a un cintre devant la vitre arrière, pas du genre à commencer la semaine avec des plis dans le dos. Il fallait qu'elle roule serré mais ça l'oppressait. Elle aurait aimé qu'on lui foute la paix, alors elle préféra les merci gentils des deux ou trois conducteurs qu'elle autorisa à se rabattre devant elle jusqu'à ce que le gars derrière s'énerve, il klaxonnait en levant les deux bras au ciel : c'est pas vrai qu'elle laissait passer tout le monde cette conne ! Elle eut le sentiment très net qu'on lui reprochait son indépendance, et reprit son rôle de partenaire au sérieux. Décidément, pensa-t-elle, ça n'est pas parce qu'on essaie d'échapper à l'autorité d'un homme qu'on est à l'abri des autres.

Bientôt sa file s'immobilisa. Ce fut au tour de la colonne un, puis de la trois de se remettre en mouvement. Les nouveaux bénéficiaires n'en perdaient pas une miette, et, contents de se dégourdir les roues, se serraient les pare-chocs afin de rendre toute intrusion difficile. Les plus optimistes se mirent même a remonter leur carreau, la vitesse ne tarderait pas à tout faire voler dans la voiture. Quelques mètres plus loin, Claire supposa qu'ils étaient déjà en train de les rouvrir.

Maintenant tout le monde était arrêté, le chef de jeu tout là-bas devant avait dû s'énerver et juger utile de rappeler les règles à des conducteurs indisciplinés. C'est malin, la punition, comme toujours, était collective. On se regarda, on s'envisagea : qu'est-ce qu'on pourrait bien faire pour tuer le temps ?

Claire réalisa un peu gênée que le chauffeur de poids-lourd sur sa droite avait une vue imprenable sur le contenu de son véhicule, et dissimula la bouteille de tequila derrière son sac. Elle ne put s'empêcher de jeter un coup d'œil dans sa direction afin de vérifier la neutralité de son attitude, mais le petit sourire qu'il lui adressa, penché en avant sur son volant, contraria ses espérances. Elle simula l'inattention en promenant un regard distrait sur sa cabine, et multiplia par trois son embarras en découvrant le penchant du chauffeur pour les créatures de calendrier de sa corporation. Face au regard de braise de la tigresse aux gros seins agenouillée en string, Claire se demanda si elle ne préférait pas les vestes accrochées aux carreaux.

L'arrêt se prolongeait. Claire entendit les moteurs s'éteindre progressivement autour d'elle. Elle soupira, coupa a son tour le contact et eut un petit sursaut d'inquiétude en voyant la portière de son voisin s'ouvrir ; elle n'avait pas eu le temps de se déterminer complètement entre la maniaquerie ringarde des représentants et la frivolité provocante des camionneurs. Même si elle trouvait sans doute plus facétieux d'afficher du sexe que des costumes de fonction qui rappellent à chacun les tristes devoirs de l'existence, elle n'avait aucunement l'intention d'en débattre avec lui. Claire fut apaisée de constater que, telle une princesse prisonnière de sa tour, le chauffeur n'était sorti que pour tenter, debout sur son marchepied, d'appréhender les raisons de sa captivité.

Elle alluma la radio. Une nouvelle venue dans la chanson française, prénommée Rose, martelait en refrain « j'sais plus si je t'attends ou si je fais juste semblant », une idée qu'elle s'autorisa a partager le temps de son interprétation. Elle ne voulait pas pour autant se laisser gagner par la mélancolie, et même si la situation ne lui en laissait pas la possibilité, elle ressentit un impérieux besoin de se remettre en route. Elle se concentra sur la mélodie qu'elle trouvait jolie, tenta d'en deviner les accords, et aurait volontiers sorti sa guitare à la fois pour tuer le temps et vérifier la justesse de son diagnostic. Elle s'imagina déclencher la joie du convoi et provoquer un attroupement dans l'esprit veillée scout, et réfuta assez rapidement l'idée d'afficher ses talents.

La tigresse obscène continuait de la fusiller du regard en attendant que quelqu'un la prenne sauvagement par-derrière. Son propriétaire avait entamé la conversation avec un autre chauffeur routier. Le VRP devait repousser tous ses rendez-vous, pendu à son téléphone portable, et deux automobilistes fumaient des cigarettes assis sur le rail de sécurité en attendant que leurs femmes aient fini de faire faire pipi aux gosses sur un semblant de pelouse maculé de papiers. Elle pensa à François et lui en voulut amèrement.

Elle avait fait le tour des distractions proposées autour d'elle sur cette portion d'autoroute, avait bien conscience de ne pouvoir s'en évader qu'à pied en abandonnant voiture et bagages et s'estima assez démunie comme ça. Elle ne put s'empêcher de faire le point sur les raisons de son désarroi soudain et réalisa qu'elle était une fois de plus tombée dans le panneau de la crédulité. Essayer de bâtir une vie de couple avec quelqu'un qui a des enfants quand soi-même on n'en a pas était un projet aussi absurde que de vouloir entrer dans du 36 quand on fait du 40. Et puis la vie était trop courte pour qu'elle continue de prendre son petit-déjeuner face à des gamins dont la plupart des regards et des gestes vous rappellent le caractère provisoire de votre présence, sinon sur cette terre, du moins dans cet appartement.

D'ailleurs des enfants, si elle n'en avait pas, il y avait sûrement une raison, mais elle était prête à parier que ça n'était pas pour supporter ceux des autres.

Amoureuse, elle avait négligé de faire cas d'une situation qui l'avait pourtant déjà rendue malheureuse, et avait été trompée par le soulagement initial de François à n'avoir la charge de ses filles que de manière très conventionnelle, un week-end sur deux. Cet arrangement leur avait laissé le loisir de continuer à profiter de leurs vies de bohème faites de dîners improvisés, au restaurant, chez des amis ou sur la table basse du salon, d'escapades en amoureux, d'attentions réciproques et partagées.

Mais il y a un an, Johanna, l'ex-femme de François, avait reçu une proposition de travail très intéressante à Dakar, « un poste qu'on ne peut pas refuser ». Ben bien sûr, avait pensé Claire qui si elle avait eu des enfants n'aurait jamais envisagé de les laisser, c'est pour ça qu'elle n'en avait pas, ce qui ne faisait pas d'elle pour autant la potentielle cliente d'un gros poste à l'étranger. Et François avait immédiatement proposé de garder ses filles.

Elle regardait ces mamans reconduire prudemment leurs bambins vers leurs véhicules et jalousa cette normalité qui, depuis qu'elle faisait défaut à son quotidien, avait une fois encore bousillé son couple. François avait pris son rôle de père très au sérieux, se montrant même prévenant dans des domaines qu'il avait toujours négligés. Cela faisait maintenant de longs mois que Claire avait l'impression de déranger le cocon familial au sein duquel pourtant, par amour pour lui et par affection pour ses filles, elle aurait aimé trouver une place. Mais que visiblement personne ne tenait à lui accorder.

Quelques années auparavant elle avait partagé la vie de Bertrand et les complications de la garde alternée, les cahiers éparpillés et les rendez-vous chez l'orthodontiste qui tombaient immanquablement sur elle parce qu'elle se rendait disponible. Un rôle de belle-maman qu'elle s'était appliquée à faire correctement jusqu'à en constater les abus dans les corvées, et les failles dans la reconnaissance.

Elle s'était alors mise à fuir les hommes avec enfants, était tombée sur des immatures sympa dans son genre qui avaient besoin d'être maternés, et s'était retrouvée hurlant au secours sur le divan d'un psychanalyste dont elle avait espéré qu'il serait l'homme stérile et rassurant qu'il lui fallait.

Elle en arriva à détester les mères pour ce qu'elles insufflaient de dépendance à l'humanité tout entière, et la sienne pour l'avoir privée de l'envie d'y participer. Elle les tenait pour responsables de toutes les maladies psychotiques, les drames passionnels et les toxicomanies, et maudissait cette société injuste et hypocrite qui prenait systématiquement leur défense au détriment de celles qui ne voulaient pas collaborer à ce massacre. Face à la maternité, elle était objecteur de conscience.

Il ne fallait surtout pas tenter de justifier la procréation avec des termes qui en auraient évoqué le naturel sans risquer de se faire dépecer vivant par l'animal en colère que Claire était capable de devenir. Dans la nature, disait-elle, on s'entretue aussi.

Et puis, deux ans plus tard, elle avait rencontré François à un dîner chez des amis, où elle était arrivée très en retard à cause d'une panne d'ordinateur qui compromettait le délai que son employeur lui avait fixé pour la rédaction d'un article dont elle avait déjà du mal à se sortir. Ils avaient tous écouté ses griefs envers l'informatique avec une indulgence amusée, sachant qu'ils comptaient parmi eux un éminent spécialiste qui ne se dévoilait pas, sans doute pour se donner le temps d'apprécier si l'aide qu'il envisageait de lui apporter serait d'un intérêt autre qu'humanitaire.

Rien que de le regarder détacher le couvercle de l'unité centrale avait fait de lui un magicien. Elle avait admiré la minutie des gestes, et la délicatesse avec laquelle il avait déposé d'invisibles vis dans une coupelle, quand à sa place elle en aurait déjà fait tomber au moins deux dans les poils épais de son tapis en laine des Pyrénées.

Elle avait jeté un œil là-dedans comme s'il se fût agi du cerveau d'Einstein, n'y avait vu qu'un monde de fils multicolores qui donnaient, selon elle, tout sauf envie de comprendre.

« Moi, de micro, je connais qu'Omo », avait-elle déclaré pour briser le religieux silence de l'opération, et tester son humour. Le voyant a peine sourire elle avait estimé sa blague idiote, s'était demandé s'il la prendrait pour une lesbienne précisant ses tendances, quand de son côté il avait cherché quoi dire de pas trop bête à cette subtile façon de le mettre à l'aise pour le cas où il serait gay.

Ils avaient fini la soirée en suçotant des cerises à l'eau-de-vie qu'une collègue de travail avait offertes à Claire au moins quatre ans plus tôt, parce que c'était tout ce qui lui restait d'alcoolisé à proposer. Puis ils s'étaient mis à regarder les photos du dernier séjour de Claire à Oaxaca, en égrenant une passion pour ce pays qu'ils n'étaient pas encore sûrs d'avoir l'intention de partager, et en crachant des noyaux.

Claire jeta un petit coup d'œil à José Cuervo en écartant son sac à main, comme s'il allait prononcer un verdict à propos de cette rencontre, puis replaça brusquement son camouflage, troublée par le rapide passage, devant la vitre, du camionneur qui se hissait sur son siège. Les moteurs s'étaient remis en marche. Après trois quarts d'heure de patience, tout le monde était à deux secondes près.

On parut avancer pour de bon, et c'est après avoir roulé au pas durant un ou deux kilomètres que Claire reconnut enfin les instigateurs du jeu : ils s'amusaient à présent, déguisés en poussins phosphorescents, à empiler de grosses quilles orange et blanc sur un camion qui scintillait de mille feux.

Pourquoi ils font pas ça la nuit ? se demanda Claire qui passait ses soirées de décembre devant les vitrines éclairées des grands magasins. Ce serait plus joli.

Le courant d'air s'engouffra dans la voiture, et pour couvrir le bruit des papiers d'emballage derrière elle, Claire glissa un CD de Keren Ann dans le lecteur. En se lançant sur l'autoroute de l'Atlantique, elle monta le son pour s'immerger dans les accords de guitare de la mélodie, et s'imprégner de cette voix douce qui lui parlait de vagabonds errants et de gens qui allaient et venaient pour finalement s'en retourner.

Elle aimait le refrain qu'elle guettait, pour en partager la dérision tout haut avec son interprète : *People come and go and walk away, but I'm not going anywhere, I'm not going anywhere.* Elle se sentait à la fois transportée et moins seule. Elles étaient au moins deux, à n'aller nulle part.

Rose-Marie Dantrevoix était bloquée au passage à niveau sur la petite route de campagne qui relie Saint-Sulpice-de-Royan à la commune de Médis. Elle avait été contrariée d'entendre la cloche sonner tout en voyant la barrière se baisser, mais elle savait que le petit omnibus qui reliait Royan à Niort ou à Angoulême ne serait pas long à passer. D'ailleurs, en dépit du désagrément qu'il lui semblait normal de ressentir à l'idée de perdre quelques précieuses minutes d'une existence remplie d'oisiveté, elle appréciait le spectacle de ce petit train enfantin composé d'une locomotive et de deux wagons, et qui constituait l'unique moyen ferroviaire d'atteindre le pays où elle vivait.

Les touristes, pour la plupart parisiens, se plaignaient de la rusticité inconfortable de ce moyen de transport d'un autre âge qu'ils étaient contraints d'utiliser pour atteindre ou pour quitter la mer, et qui mettait presque autant de temps à parcourir la centaine de kilomètres qui les séparait d'une station importante que le TGV ne le faisait pour les déposer au pied de la tour Montparnasse.

L'omnibus, appelé également « la micheline » – comme une tenancière de bordel ou d'un bar que tout le monde connaît – desservait chaque gare de campagne, arrêt parfois inutile, mais qui donnait l'occasion au voyageur de remonter le temps, forcé qu'il était d'observer, pendant les quelques minutes de la halte, les bâtiments de brique vieillissants, mais encore porteurs de la fierté qu'ils avaient dû un jour représenter.

Bref échange de propos familiers entre le chef de la gare locale et le conducteur, le train est si petit qu'on entend tout, le monde si réduit qu'on écoute tout. Au coup de sifflet attendu, la micheline se remettait en route doucement, laissant chacun libre d'inventer les vies cachées derrière les voilages un peu ternes des pavillons qui bordent la voie ferrée et que de pauvres jardinets à moitié entretenus trahissent.

De nouveau c'était la campagne, avec ses vaches que le passage du train rassure, que le passage à l'heure d'été perturbe, et ses automobilistes arrêtés par une barrière, que l'omnibus, aussi petit soit-il, oblige à l'obéissance.

« Mais qu'est-ce qu'il fout ? » pensa-t-elle. Cette fois l'arrêt était plus long que de coutume et, chose surprenante, on ne voyait pas de train arriver.

28

Rose repensait aux voyages qu'elle avait effectués dans ce convoi aux allures de diligence, la plupart du temps pour rendre visite à sa mère qui la priait depuis Paris de venir passer quelques jours auprès d'elle. Elle profitait de ces escapades pour remettre son bagage culturel à niveau en visitant les expositions les plus courues et en assistant à un ou deux spectacles. Elle préparait consciencieusement sa venue, réservait des places de théâtre sur Internet à la date d'ouverture des guichets, et s'inquiétait de connaître le jour de fermeture des musées auxquels elle avait prévu de se rendre.

« Ce que tu es devenue provinciale ! » lui assénait alors sa mère avec un mélange de mépris et d'admiration, réflexion qui amusait Rose plus qu'elle ne la vexait, fière au contraire d'être devenue quelqu'un, même de provincial, peu lui importait du moment qu'elle existait. Alors elle souriait à cette phrase la plupart du temps lancée dans la queue d'une exposition que sa mère aurait volontiers quittée parce qu'une vie aisée depuis l'enfance l'avait privée de connaître l'effort et la patience.

Rose, elle aussi, finit par couper son moteur. Elle regardait les gens s'agiter devant elle. La barrière du passage à niveau était toujours baissée, le témoin lumineux orange et blanc tournait avec son habituel enthousiasme, et la cloche continuait d'annoncer le train.

Les automobilistes, pour la plupart des locaux – des « locos » aimait-elle penser –, interpellaient Yvette, la garde-barrière toujours vêtue du même tablier à carreaux, un fichu sur la tête, afin d'obtenir des explications que toute sa personne et même toute son aura, semblait-elle dire en écartant les bras, tantôt vers le ciel, tantôt vers le sol, ignoraient.

Rose sourit en associant les propos de sa mère à la scène qui se déroulait sous ses yeux, et se dit qu'elle avait bien fait d'attraper le syndrome de la province il y a près de quarante ans. Quand la province était encore patiente, quand la province était encore la province, sans toutes ces voitures, ces parkings, ces nouvelles maisons et cette laideur bâtie à la hâte. C'était encore la province des vieux à vélo, des petits commerces, de la boucherie avec la sciure et les mouches, et des quatre vraies saisons, de trois bons mois chacune.

Néanmoins elle aimait cette vie retirée de bord de mer, au point de supporter sa dégénérescence, son agonie – il était question qu'un terminal méthanier fût construit dans l'estuaire de la Gironde –, en était même arrivée a remercier le ciel de ne pas avoir eu d'enfant. Au moins, elle ne laisserait personne derrière elle trier les ordures ménagères pour tenter de retarder la gangrène.

Face au gyrophare du passage à niveau qui ne cessait de tourner, Rose réalisa que la dernière fois qu'elle avait vu sa mère, c'était dans un train.

Elle l'avait raccompagnée à La Rochelle après son séjour d'un mois chez elle, afin de lui épargner la micheline, non pas en raison de son inconfort ou de sa taille réduite auxquels sa mère trouvait un charme désuet, mais afin de lui éviter le changement de train en gare de Niort ou d'Angoulême qui, à son âge, relevait de l'épreuve et plus de la formalité.

Elle se souvenait l'avoir installée de son mieux en première classe, avec des journaux stupides et variés auxquels en des temps moins lointains sa mère aurait préféré la lecture de Proust, qu'elle promenait partout avec elle dans une édition cornée et jaunie du Livre de Poche. Sans doute pour ne pas risquer d'abîmer celle de la Pléiade, qui ne quittait pas le dessus de sa table de nuit à Paris.

Rose lui avait confectionné avec tendresse de délicieux sandwiches au jambon généreusement tartinés de beurre demi-sel des Charentes. Elle avait pris soin de retirer la bordure un peu sèche des tranches de pain de mie, puis les avait coupées soigneusement en triangles, comme dans les grandes maisons. Elle avait ajouté une petite bouteille d'eau, deux mandarines, et quelques gâteaux secs, pour trois heures de train, c'était bien suffisant. Elle avait réparti le tout dans un souci de commodité autour de sa mère ; agencements matériels qui les avaient distraites de la peur de ne plus se revoir. Rose avait veillé à ne pas faire peser trop longtemps sur sa mère le regard aimant dont elle l'enveloppait pour ce voyage. Elle appréhendait plus que les autres fois, qu'il fût le dernier. Le sifflet du chef de gare l'avait obligée à se presser, et elle avait avalé sur le quai la deuxième moitié du Lexomil que sa mère lui avait réclamé quelques minutes plus tôt, assise sagement sur un banc à côté de sa valise, comme une enfant qui n'en dira pas plus sur son déchirement.

Un mois plus tard, Rose avait à son tour pris le train, ce même omnibus depuis Royan qui aujourd'hui n'arrivait pas, et avait tenté de composer, en laissant ses yeux tristes errer le long du paysage, des phrases qu'elle n'était pas sûre d'avoir le courage de prononcer devant tout le monde à l'enterrement de sa mère.

Maintenant Rose s'impatientait, il lui semblait que rouler lui permettrait d'échapper aux souvenirs. Que se passait-il plus haut sur la voie ferrée ? Une femme d'une soixantaine d'années essayait-elle, debout les bras en croix face au train, d'empêcher sa mère de plus de quatre-vingts ans, hilare et renaissante de jeunesse à l'intérieur du wagon devant la folie de sa fille, de la quitter ? Ou au contraire une mère de plus de quatre-vingts ans avait-elle jeté d'un air bougon sa valise devant le train pour en retarder le départ et obliger tous les voyageurs à ramasser ses affaires, une par une, dans l'espoir de voir sa fille la retenir et annuler cette séparation peut-être définitive ?

Finalement Rose n'était plus si pressée. Si c'est ça qui était en train de se produire, ça valait le coup d'attendre. Elle aurait aimé que le temps puisse se remonter comme le Mississippi, et les choses être différentes aujourd'hui.

Rose ne pouvait se défaire de l'idée que si elle avait gardé sa mère auprès d'elle – ce qu'elle avait envisagé de lui proposer après ce dernier séjour – elle en aurait fait une proie moins facile au temps.

Mais tout le monde voudrait « refaire » bien, pensa-t-elle avec un fatalisme de circonstance puisque personne n'était là pour lui donner une petite tape de réconfort sur l'épaule. Ce qu'on a fait, ce qu'on aurait dû ou pu faire, ce que ça aurait ou non empêché, Rose avait eu tant de fois l'occasion d'y réfléchir que cela avait fini par faire d'elle un être relativement sage, traumatisé mais sage.

Elle avait perdu son enfance à quarante ans en apprenant la mort de son mari, un accident de voiture à 10 heures du matin à cinq minutes de la maison, et la claque avait été si brutale qu'elle avait eu l'impression, plus tard, d'avoir été préparée aux suivantes.

Si pour elle vivre était un combat, continuer d'exister en perdant tour à tour des êtres chers relevait à la fois de l'exploit et de l'incompréhension. Elle s'était à chaque fois demandé, comme la plupart des gens, si la vie méritait la peine d'être vécue sans telle personne indispensable à son cœur, et puis à force, elle avait arrêté de se poser la question et s'était contentée d'apprécier l'incroyable durée de vie de bonheurs même fanés. Elle n'en avait pas moins la curieuse impression de traverser un champ de tir dont le hasard, sans doute, l'épargnait encore.

Aujourd'hui l'une de ses amies était atteinte d'un cancer aux poumons probablement dû à tous les clopes et les pétards qu'elles s'étaient envoyés en refaisant le monde assises en tailleur devant un feu de cheminée pendant des milliers d'hiver, et, tout en mesurant l'horreur de la sentence, elle s'apprêtait à reprendre la conversation avec d'autres.

Elle s'était demandé si quand elle n'aurait plus personne avec qui parler, elle écrirait.

La première fois qu'elle avait fait ce constat, elle avait été tellement surprise de découvrir une telle froideur en elle, qu'elle s'était crue propulsée dans les grottes de Lascaux.

Elle n'avait alors pu que noter l'œuvre du temps, cette abstraction qui vous détruit, vous emporte ou vous endurcit, au point qu'un jour, la mort ne vous coupe même plus l'appétit.

Rose était perdue dans ses pensées quand elle vit les barrières du passage à niveau commencer à se relever.

En passant à côté d'Yvette, elle l'interpella par la fenêtre ouverte de sa voiture.

— Des vaches ! lui répondit-elle en écartant ses bras qu'elle laissa retomber sur le côté comme un pantin articulé. Des vaches qui batifolaient sur la voie, y' zarrivaient pas à les rattraper !

Elle faisait à présent porte-voix avec ses deux mains en direction de Rose, qui se doutait bien en roulant doucement qu'elle agaçait tout le monde.

Des vaches ! sourit-elle. Elle habitait un pays où les vaches avaient encore le pouvoir de vous faire rater le train ! Une correspondance pour Paris, peut-être suivie d'un vol pour New York, Londres ou Tokyo, qui sait ? Rose était ravie. Elle repensa aux propos de sa mère et se demanda si c'était provinciale qu'elle était devenue ou carrément bouseuse.

Pour profiter de l'apparition du soleil, elle ouvrit d'une main, sans lâcher le volant, la capote du vieux Land-Rover de son mari qu'elle avait gardé en partie par amour pour lui mais également par fétichisme, convaincue que le nom de Defender, que ce véhicule arborait en grosses lettres au milieu du capot et plus discrètement sur l'aile arrière droite, était pour beaucoup dans sa survie. Le Defender la défendait, donc la protégeait.

Son mari s'était tué dans sa Golf qu'il lui avait empruntée comme il le faisait parfois pour de très courts trajets, ce qui avait inauguré l'interminable série des « et si… » à laquelle personne ne manque d'être abonné lorsqu'il doit faire face à un événement insupportable.

Il était cependant probable que « si ce jour-là » il avait pris son Land, avec ses énormes pare-chocs et ses pare-buffles, il serait encore là, riant à ses côtés de ces scènes de western.

Rose laissa le vent lui emmêler les cheveux en se demandant où elle avait prévu de se rendre. Cette histoire de passage à niveau lui avait fait perdre du temps mais sur quoi en fin de compte ? Un court instant elle profita de ne plus savoir. C'était si merveilleux en fait de commencer à atteindre un âge où on pouvait se laisser aller à perdre un peu la tête qu'elle désirait parfois en profiter avant que l'inquiétude ne vienne tout re-ranger, comme une vieille nurse qui vous rappelle que vous êtes seule, que plus personne n'est là pour rattraper vos fantaisies.

Ah oui ! les courses ! se souvint-elle d'un coup. Elle imagina les rampes géantes d'éclairage de la grande surface, ce monde crétin et plein d'enfants, qui traîne des pieds, accroché aux caddies, ces monticules de bouffe, ce honteux embarras du choix qui ne semble embarrasser personne, les appels aux caisses, le froid devant les barquettes de mort en morceaux, et ses mains vieillies et tachées sur la rampe d'un caddie dont avec un peu de chance au moins une roue tournerait comme une folle sur elle-même. Elle décida plutôt de rouler jusqu'à la plage.

Vert, orange, rouge. Nicolas Aimé ne comptait plus le nombre de fois où le feu passait d'une couleur à une autre au bout de l'avenue sur laquelle il était comme tous les automobilistes arrêté. Il se contentait de regarder le triste ciel du nord, et les signaux de fumée grise des grandes cheminées d'usine.

Il n'avait pas envie d'allumer la radio pour entendre le ton incisif et bien réveillé des animateurs de stations qui laissaient toujours supposer que leurs vies étaient nettement plus marrantes que celles des autres ; il n'y avait aucun mal ce matin à avoir une existence plus enviable que la sienne.

Il aurait pu choisir d'écouter les informations comme il le faisait habituellement, mais ce matin aucune nouvelle ne l'intéressait autant que celle qui se trouvait à ses côtés, dans cette enveloppe fermée qu'il avait posée sur le siège passager et qu'il ne se décidait pas a ouvrir.

Il observait les gens, en essayant vaguement de comprendre ce qui les rendait différents de lui, c'est-à-dire normaux, heureux, parents probables de ces enfants qu'ils conduisaient à l'école.

Dans la voiture d'à côté, un homme de son âge, la quarantaine, en chemise blanche et cravate bariolée, s'adressait dans son rétroviseur à un enfant sagement attaché derrière qui devait être en train de jouer avec une game-boy. Nicolas eut envie de baisser sa vitre et de lui demander un doigt pointé vers le garçonnet : C'est votre fils ? Puis face à la réponse affirmative qu'il ne manquerait pas d'avoir, il ajouterait d'un air suspicieux : Vous êtes sûr ? juste pour lui bousiller sa journée, se faire traiter de cinglé, sortir de lui-même et répandre sa détresse comme un désherbant.

De l'autre côté, une jeune femme brune à la longue chevelure frisottée riait aux éclats en parlant dans son portable. Elle en donnait des tapes au volant tellement c'était drôle. Nicolas se demanda depuis quand il n'avait pas ri comme ça. Il en profita pour appuyer deux doigts sur ses paupières fermées et recueillir discrètement de chaque côté du nez, les larmes qui s'apprêtaient à couler. Cela lui conférait davantage l'attitude du type qui a des soucis ou qui a mal dormi, que celle du gars désespéré.

La circulation, aussi, semblait paralysée.

Il se mit à taper du pied et à appuyer sur son klaxon, pour se défouler, pour faire comme tout le monde, pour dire qu'il était vivant ou qu'il n'avait pas de sonnette d'alarme ni de fusée de détresse. Il était malheureux, il était coincé dans les embouteillages, il étouffait.

Il défit sa ceinture de sécurité et enleva son blouson qu'il jeta sur le siège à côté de lui, sur le courrier. Il ouvrit la boîte à gants et s'envoya une bouffée de Ventoline.

C'est depuis l'enfance qu'il étouffait, même si à présent le traitement se limitait à un aérosol toujours à sa portée. Il observait la fumée des pots d'échappement rejoindre celle des immeubles et des usines en se demandant s'il aurait la patience d'attendre de mourir asphyxié.

La jeune femme au portable lui sourit en rangeant son téléphone ; il la trouva jolie. Il s'inquiéta de son aspect, et après s'être penché vers le rétroviseur en conclut que ce sourire avait dû simplement rester accroché à ses lèvres. Ses yeux noirs étaient rougis et cernés, il n'était pas rasé, il avait cet air de chien battu que les femmes lui reprochaient d'avoir quand elles s'étaient imaginé que son teint d'hidalgo lui conférait les vertus d'un homme solide.

Il enclencha la première... pour avancer de quelques centimètres.

Finalement ça me va, pensa-t-il, on va y aller doucement. Une sorte de tension montait en lui que cette cadence retenait.

Il se demanda pourquoi une telle chose lui arrivait, et chez qui il pourrait dormir.

À la lettre « ami » son répertoire était vide, à la lettre « copain » il avait bien trois-quatre noms, quant à la page « amour » c'était celle qu'il convenait de tourner même si « arracher » eût davantage collé à son humeur.

Nicolas Aimé avait rêvé toute sa vie d'avoir un répertoire rempli quand il n'avait qu'un tout petit supplément d'agenda en papier, sale et racorni, toujours glissé dans la poche arrière droite de son jean.

À la lettre Papa-Maman, il n'y avait jamais eu personne, mais à « parents » on avait trouvé plusieurs noms, barrés ou effacés. Nicolas Aimé était un enfant de père inconnu, abandonné à sa naissance dans un orphelinat par une mère anonyme. Un enfant de familles d'accueil et de foyers, qui venait d'échouer dans sa tentative de vouloir fonder le sien. Il se disait que son parcours avait naturellement fait de lui un adulte tout juste bon à être accueilli, mais jamais gardé.

Un agent de police opérait le cœur du feu rouge, il en devint clignotant. On n'avançait pas plus, mais au moins, on pourrait le faire.

Nicolas observa des mamans sortir précipitamment de voitures sans doute conduites par leurs maris, en tirant derrière elles des enfants à cartable dans le dos, inquiets d'arriver en retard à l'école.

Il tenta de deviner ce que ce spectacle dont il s'était imaginé être prochainement l'acteur lui inspirait, et prêta aux deux anxiolytiques qu'il avait avalés après le café l'impression de n'en avoir plus rien à foutre de rien. Il ne serait pas le père attentionné qu'il avait envisagé d'être ; il n'était pas père du tout. C'est ce que devait lui confirmer le courrier qu'il gardait fermé sous son blouson, et que Sylvia, sa compagne, son « ex » devrait-il s'habituer à dire, lui reprochait de ne même pas avoir « les couilles » d'ouvrir. Il avait exigé ce test afin d'avoir la preuve scientifique et formelle de ce qu'elle lui avait annoncé il y a plus de trois semaines : il n'était pas le père de l'enfant de trois mois qu'ils avaient pourtant eu ensemble. Elle le savait depuis toujours, mais il ne parvenait pas à le croire.

Pour se donner le temps de comprendre, il avait dit qu'il partirait quand il en aurait confirmation mais la preuve, finalement, il ne la voulait plus. Ouvrir l'enveloppe revenait à dégoupiller son cœur et il ne se sentait pas l'âme d'un kamikaze.

Pour l'avoir utilisé de la sorte, il se mit à douter que Sylvia l'ait aimé. Il n'avait servi qu'à protéger son amour secret pour Pierre, à l'en détourner peut-être au début, quand Pierre s'était marié, mais aucune de leurs deux histoires n'avait eu le pouvoir de briser l'attirance viscérale qu'ils avaient toujours éprouvée l'un pour l'autre, et qui se matérialisait aujourd'hui par un enfant que Pierre était désormais prêt à reconnaître. Il avait annoncé à sa femme qu'il la quittait, et tenait peut-être en ce moment même les mains de Sylvia dans les siennes. Elle avait dû l'appeler sur son portable pour lui dire : Ça y est, il est parti ! et il avait accouru, avec une valise pas plus grosse que celle que lui-même avait emportée, mais avec des intentions de rattraper le temps perdu qu'aucune malle ne saurait contenir. Il l'imaginait penché au-dessus du berceau d'un faux-fils découvrant son vrai père. Nicolas aurait aimé en sourire.

Il avait alors compris pourquoi Sylvia l'avait tant tenu à distance de cet enfant, lui reprochant son manque de savoir-faire et le privant de toute initiative. Elle prétendait qu'il ne le prenait jamais au bon moment, qu'il le changeait avec maladresse, et lorsque Nicolas se mettait à lui raconter des histoires ou à lui promettre l'achat prochain d'une voiture neuve comme il avait vu des hommes le faire dans des spots publicitaires, Sylvia intervenait de façon autoritaire en emportant le bébé dans les bras. « N'importe quoi ! » Elle fuyait les demandes d'explications « Tu crois que c'est le moment ? », se disait fatiguée, reconnaissait volontiers son irritabilité et se refusait à lui depuis cet accouchement qui l'avait, selon elle, « déchirée ».

Le mot l'avait frappé. Il avait imaginé avec souffrance son corps de femme mutilée, et s'était senti coupable sur bien des chapitres. Avait-il lui aussi « déchiré » sa mère à sa naissance pour qu'elle l'ait abandonné ?

Il se souvint avoir eu la sensation d'ouvrir pour la première fois la porte de l'escalier qui mène à la cave. De ces petites portes en bois qu'on trouve dans des recoins discrets, qui obligent à se baisser pour en franchir le seuil et entamer la descente périlleuse d'un escalier étroit et pentu, le dos courbé à cause du manque de hauteur, au moins sur les premières marches. Il avait eu le sentiment de s'introduire en lui de cette manière timide et apeurée, guidé par l'impétueux besoin d'appeler « Maman ? » en direction de ce trou sombre vers lequel il avait commencé à s'aventurer.

Tout avait débuté le jour où Sylvia lui avait annoncé sur un ton anodin qu'elle était enceinte. Il s'était efforcé de prendre un air d'heureuse surprise pour ne pas la décevoir, quand elle s'était attendue à l'expression plus honnête de sa contrariété, à la fois parce qu'elle en connaissait la nature, mais aussi parce qu'elle comptait sur cet atout pour démêler, le plus rapidement possible l'espérait-elle, la situation.

Mais Nicolas s'était senti bousculé dans ses convictions. Si la pensée d'être père l'inquiétait, l'idée d'être fils s'était mise à hanter ses nuits.

Persuadé que ses appréhensions à donner la vie avaient pris racine dans les mystérieuses circonstances de son abandon, il avait jugé nécessaire d'entreprendre des recherches.

Après s'être lancé dans des recours administratifs courants qui ne lui apprirent rien de plus que ce qu'il ne savait déjà – son dossier était vide de toute information –, il prit le taureau par les cornes, et fit l'effort de se familiariser avec Internet. Il tenta de remonter des pistes et discuta sur des blogs avec des personnes dans son cas qui lui donnèrent des tuyaux, mais quand il n'y a rien à trouver, même avec des tuyaux, il n'y a rien a trouver. 1969, c'était vieux.

Perdu pour perdu, il eut alors l'idée de chercher sa mère là où elle se trouvait peut-être encore : à Rochefort, en Charente-Maritime, où elle l'avait mis au monde trente-neuf ans plus tôt. Mais il s'y prit d'une bien curieuse manière, choisissant pour intermédiaires les plus importants journaux gratuits de la région, des gazettes locales bourrées d'annonces qui sont proposées à la sortie des commerces ou dans les boîtes aux lettres, et dont chacun se sert pour trouver à bon prix un stère de bois ou une mobylette.

Même s'il en déplorait la nature hasardeuse c'était selon lui, le moyen le plus direct pour tenter de la retrouver, et il gardait à l'esprit que « tout le monde » lisait ces gazettes. Il rédigea lui-même son texte qu'il envoya accompagné d'un chèque, et opta pour la durée maximale de parution, celle qui lui ferait bénéficier de prolongations gratuites de son annonce. Sous la forme d'une courte lettre adressée à sa mère elle s'achevait par ces mots : J'aimerais tant te retrouver. Écrire au journal qui transmettra. Références…

Pas une seule fois ces gazettes n'avaient publié un énoncé pareil, et le pigiste eut du mal à choisir une rubrique. Il décida de ressortir l'intitulé « Communiqué. Message » qui servait en de bien rares occasions : lorsqu'il manquait quelqu'un à la dernière minute par exemple pour compléter une randonnée.

Tout en observant l'important dispositif de déviation qui se mettait en place, Nicolas s'interrogea sur les raisons de cette contrariété supplémentaire. Que se passait-il tout là-bas devant ? Des gosses échappés de l'Assistance publique brandissaient-ils des pancartes indiquant leurs signalements pour tenter de retrouver leurs parents ? Ou bien des hommes mis à la porte de chez eux cherchaient-ils un toit pour ce soir ?

Il entendait les slogans se rapprocher et apercevait le haut des banderoles venir vers lui.

Il pensa que seul le projet de retrouver sa mère le motivait encore. Il avait du mal à perdre, dans la même journée, une compagne, un enfant, et l'idée qu'il s'était faite d'une photo de famille où une mère bien réelle se tiendrait à ses côtés.

Le feu clignotait toujours comme un phare de haute mer qui prévient du danger quand il se décida à ouvrir l'enveloppe. Il en parcourut rapidement le contenu puis déchira le tout en de menus morceaux qu'il garda serrés dans sa main gauche.

Tout en conduisant, Nicolas les jeta par la fenêtre aux pieds de cet agent de la force publique qui lui imposait son chemin à coups de sifflet et de grands gestes du bras, et ne put s'empêcher de sourire en voyant atterrir sur les viriles bottes noires des confettis d'absence de paternité.

En abordant la périphérie, il hésita à emprunter la bretelle qui menait à l'autoroute. Il tourna deux-trois fois autour du rond-point qui en proposait l'accès puis céda à son idée. Il allait annuler ses rendez-vous et rouler jusqu'à Rochefort-sur-Mer. Après, il verrait bien.

Un peu abattue de ne pas avoir le ventre plat de Miss Albigeois, ni le cerveau de la dame avec un chapeau, comme le lui rappelait Vincent Delerm à la radio, Claire sortit de l'autoroute à Saintes, et prit la direction de l'océan. Elle ne reconnaissait plus rien de la région sauvage dont son esprit avait gardé l'image : il y avait des maisons partout et des centres commerciaux dont les promotions s'affichaient en énorme sur les devantures.

Oh là là, pensa-t-elle avec déception, qu'est-ce que ça a changé ! Même la route n'était plus une nationale encombrée qui laissait à chacun le soin de haïr ou d'apprécier le suivi d'un tracteur ou d'une remorque de paille. C'était désormais une trois voies bien dégagée qui ne contrariait plus les habitudes d'urgence qui s'étaient, après les grandes villes, emparées des plus petites.

À force de venir en train, Claire n'avait pas emprunté cette route depuis plusieurs années. Les quelques vieilles fermes qui subsistaient encore arboraient sur un pan de façade des panneaux publicitaires pour les discothèques à la mode des environs ou pour des grandes surfaces, tandis que de fades maisons blanches ou beiges aux proportions égales se serraient les unes aux autres comme sur le plateau d'un jeu de Monopoly.

Parfois le regard de Claire était attiré par de ridicules propriétés tout droit sorties de séries télévisées américaines : au milieu de nulle part se dressaient d'importantes bâtisses construites de plain-pied sur des promontoires desservis de part et d'autre par de larges allées goudronnées, et que protégeaient d'imposantes grilles en fer forgé aux couleurs de la monarchie, des violets saugrenus qui tenaient lieu de signature au mauvais goût.

« Da-llas ! se mit-elle à chanter, ton univers impitoya-able », un peu désolée de constater le manque de discernement avec lequel on construit parfois ses rêves.

En abordant le troisième ou le quatrième rond-point depuis la sortie de l'autoroute, Claire regretta de ne pas les avoir comptés. Elle repensa à cette idée qu'elle avait eu d'écrire un Guide des Ronds-Points de France, un inventaire précis et documenté avec photos des plus originaux.

Elle trouvait que depuis quelques années la manie du rond-point s'était abattue sur son pays avec une telle obsession, qu'elle en était devenue psychanalytique, et avait tenté d'en comprendre la raison.

Un concours « du plus beau rond-point » avait-il été organisé par les Ponts et Chaussées qui, dépassés par le succès du projet, avaient été contraints de céder un morceau de voirie aux milliers de participants ? Ou le ministère de la route avait-il été confié à un sage, un ancien moine bouddhiste spécialisé dans la gestion de la vitesse ?

Elle était en tout cas convaincue que ses concitoyens avaient besoin d'être éclairés sur cette nécessité de tourner en rond qu'on leur imposait toutes les cinq minutes.

Mais après tout, la télévision ne faisait plus réfléchir, la plupart des conversations non plus. Les livres, encore fallait-il trouver les bons et s'en donner la peine. La solution de la réflexion c'était peut-être le rond-point.

Claire envisagea qu'un jour, il y en ait même sur les trottoirs.

Et puis elle trouvait intéressant pour une famille en voyage, par exemple, d'être documentée sur le site devant lequel elle était contrainte de faire halte.

Elle avait prévu que son guide classerait les ronds-points par ville, et qu'un index supplémentaire les regrouperait par genre ou par nature. On pourrait ainsi comparer les sites gallo-romains ou les ambiances maritimes, mais également connaître le nom des plantes grasses utilisées dans la composition de ces interdites îles rocailleuses. Claire était allée jusqu'à envisager la mise en place de « Tours operators ». Il ne lui restait plus qu'à trouver une Chinoise blonde capable de se tenir debout dans un car qui tourne, dos à la route et sans vomir, pour commenter en plusieurs langues la passionnante histoire de ces emplacements circulaires.

Claire n'avait aucune idée de la manière dont elle allait pouvoir gagner sa vie si elle décidait de ne pas rentrer à Paris, aussi le Guide des Rond-Points était-il en passe de devenir d'actualité.

Elle continuait de rouler sur la rocade, un peu troublée de se sentir aussi dépaysée dans une région qu'elle avait gardée familière à son esprit.

Face à la gigantesque sculpture en pierre d'une main tenant une huître, elle se dit, pour se remotiver un peu, que la région était en tout cas propice à son projet. Mais en tournant une ou deux fois de trop autour du rond-point suivant, elle se demanda si elle n'avait pas fait une bêtise en quittant Paris aussi précipitamment.

Voilà un intérêt supplémentaire qu'elle trouvait aux ronds-points : ils laissaient chacun libre de revenir sans donner l'impression de faire marche arrière ou demi-tour. Claire regretta de ne plus avoir depuis longtemps de psychanalyste attitré, un confident payant qu'elle aurait dérangé au téléphone en pleine séance pour lui faire part de cette réflexion si importante.

Ah ! Elle reconnut l'embranchement et le panneau qui indiquait Saint-Palais-sur-Mer avec le même soulagement que s'il y avait eu son nom de marqué dessus, et quitta la voie express pour rouler dans un semblant d'ancienne campagne. Ici aussi les pavillons avaient poussé comme les bolets des schtroumpfs, sauf que ceux-là étaient rose pâle ou crème, protégés par des haies bien taillées, des clôtures et des portails en plastique, plus faciles d'entretien. Les paraboles posées sur des toits bigarrés à l'ancienne ressemblaient à de gros oiseaux ronds qui n'ont jamais entendu parler de migrations, et les cailloux des rivières continuaient d'émettre leur petit crissement musical sous les pneus des voitures bien françaises de leurs habitants. « Ça devient une région de retraités ! » lui avait annoncé Isabelle, catastrophée, qui avait déjà évoqué l'idée de vendre sa maison. Et puis elle avait rencontré Alberto, qu'elle avait épousé après y avoir passé un mois entier avec lui et ils avaient décidé de la garder. Même si habitant Milan ils savaient qu'ils n'y viendraient pas souvent.

C'est pas idiot de conserver des souvenirs qui prennent autant de valeur, avait pensé Claire ce jour-là, en feuilletant les annonces immobilières d'une gazette de la région.

Elle se pencha par-dessus son volant pour vérifier si leur troquet préféré où elles avaient l'habitude, surtout si elles n'étaient que toutes les deux,

53

de prendre leur petit-déjeuner avait encore une fois changé de nom, et donna une petite tape au volant avec un grand sourire, quand elle constata qu'il s'appelait désormais *L'Iguana*. À peine arrivée j'appelle Isa ! pensa-t-elle.

La vieille Coop était devenue une sorte de mini market beaucoup plus éclairé. Quant au bar-tabac, il continuait de consolider ses jours à coups de souvenirs en plastique de la région, des huîtres aux perles fines ou des chalutiers faits en Chine marqués Saint-Palais-sur-Mer, des déguisements de Zorro, à la mer c'est idiot mais on ne sait jamais quoi faire quand il pleut.

Claire se sentit écrasée par le poids des nouveaux immeubles et à la vue de ces promenades piétonnes en bois exotique où chacun promène son chien, son petit sac plastique à la main. Elle eut une pensée attendrie pour ceux qui, ayant grandi ou passé leurs vacances d'enfance ici, étaient contraints de subir le modernisme de ces rénovations si stéréotypées. Sans doute ceux-là s'accrochaient-ils à des maisons de famille qui avec un peu de chance n'avaient pas trop changé, pensa-t-elle en s'engageant dans la rue toujours aussi étroite de la maison d'Isa.

Elle espérait en fermant sa voiture que Mme Merlin serait bien chez elle, mais normalement Mme Merlin était toujours chez elle. Comme par enchantement. Une fois elle était partie un mois en Australie voir sa fille, le voyage de sa vie certes, mais un mois tout de même. Heureusement personne n'avait eu besoin d'elle, c'était en novembre. Claire se trouva stupide de n'y songer que maintenant.

— Bonjour, madame Merlin ! Vous pouvez pas savoir comme je suis contente de vous voir ! hurlat-elle, la porte à peine entrouverte. Vous allez bien ? Puis sans lui laisser le temps de répondre elle poursuivit : je viens vous emprunter la clé de chez Isabelle !

Mme Merlin qui essayait d'en placer une fit aussi court que possible :

— Mais je l'ai pas ! Il y a le petit couple d'Italiens qui est là !

Le visage de Claire se décomposa.

— Quoi ? dit-elle en se retournant vers la maison, mais c'est pas possible. Quel petit couple d'Italiens ?

Elle avait quitté François, les filles, l'appartement. Son boulot était en suspens, elle avait fait cinq cents kilomètres, elle avait même appelé Isabelle en Italie le mois dernier pour lui raconter ses malheurs et évoquer, de manière incertaine c'est vrai, sa venue ici, et voilà qu'un petit couple d'Italiens se mettait en travers de son chemin. Mais POURQUOI ? eut-elle envie de hurler.

Assise sur le trottoir les pieds dans le caniveau, comme une enfant de moyenne section qui met en application sa dernière leçon sur les chiffres, Claire tapait d'un doigt énervé les touches de son portable.

Isabelle était désolée. Tu ne m'as rien confirmé, lança-t-elle pour se faire pardonner ou se trouver une excuse. Oh et puis ça tombait mal, Gianni était là pour refaire toute l'électricité de la maison et elle n'était pas sûre qu'il ait épargné une chambre dont elle aurait pu profiter. Le mieux était qu'elle aille voir ! Mais c'était tellement gentil de sa part d'avoir proposé d'assurer ce chantier qui autrement leur aurait coûté une fortune que tout s'était enclenché très vite, et c'est vrai, elle n'avait pas pensé à elle.

Mais qui ? QUI ? pensait à elle. Les uns pensaient à leurs enfants, oui d'abord à leurs enfants, les autres à leur carrière ou à leurs travaux, ils pensaient les uns aux autres comme dans un monde fermé duquel elle se sentait exclue.

Claire se tenait debout devant la porte d'entrée de la villa de son amie, vexée d'avoir à sonner comme une inconnue et peinée de devoir laisser sa place à des ouvriers qui n'occupaient pas la leur, la preuve, ils étaient partis se promener au lieu d'être en train de démonter soigneusement d'anciens interrupteurs en porcelaine qu'ils allaient sûrement revendre en cachette une fortune sur ebay.

Des Italiens ! Mais qui prend des Italiens pour faire un chantier à distance ! Pensa-t-elle un peu déçue de constater à quel point son amie avait changé.

Elle sentit passer un léger voile dans ses yeux elle avait oublié de lui dire pour *L'Iguana*. En d'autres temps, elle l'aurait rappelée. En d'autres temps, elle n'aurait pas oublié. Un sujet d'une telle importance ! Mais aujourd'hui les sujets en avaient, de l'importance. La preuve : on ne déboulait plus de cette façon dans la maison bleue de Maxime le Forestier, à n'importe quelle époque et à n'importe quel âge.

Elle fit un petit hublot avec ses mains et regarda au travers de la fenêtre de la cuisine : toutes les baguettes électriques étaient arrachées, des fils pendaient de partout et la personne qui avait fait ça avait dû ressortir carrément blanche de la pièce vu la poussière. Un pauvre micro-ondes posé sur un tabouret en Formica et branché sur une rallonge de chantier semblait assurer l'intendance durant ce passage au nouveau monde. Claire n'avait pas prévu de réfléchir à sa vie dans ces conditions.

Elle remarqua la radio de la grand-mère d'Isa, un de ces petits postes rectangulaires aux deux grandes antennes écartées comme celles des langoustes, qui devait tenter de faire entendre sa voix sous les gravats, et ce détail la chavira.

Dépitée, elle accepta d'entrer chez Mme Merlin prendre une tasse de thé, et fut désolée d'avoir, pour la première fois de sa vie, à lui emprunter ses toilettes. Elle fut cependant agréablement surprise de sa découverte : Mme Merlin avait tapissé tout l'arrière de la porte d'autocollants australiens dont les messages, parmi les avertissements de Kangourous crossings, allaient de *Fuck of !* à *Let me have a beer !* Elle la trouva plus rigolote qu'elle ne l'avait cru.

Mme Merlin avait installé sur la table de la cuisine un broyé du Poitou, cette grosse galette sablée un peu étouffante que les gens d'ici ont toujours chez eux, par goût et par tradition, et versait un thé qui sentait bon la mûre dans des mugs codés *I love Sydney*. Décidément pensa Claire, son voyage l'a complètement chamboulée.

Tout en la questionnant un peu sur le sujet, puis en répondant évasivement aux questions qui lui étaient posées en retour, en reprenant un morceau de broyé (au moins ce ne serait pas de faim qu'elle mourrait aujourd'hui) et en avalant une deuxième tasse de thé pour faire gonfler le tout, Claire s'inquiétait de sa situation. Rentrait-elle à Paris, ou s'incrustait-elle pour un plat de spaghettis à la poussière dans la maison d'en face ? Elle n'était pas sûre de souhaiter que Mme Merlin lui propose de dormir dans la chambre de sa fille ce soir, ni de vouloir se résoudre à l'issue la moins dérangeante pour les autres mais la plus terrifiante d'anonymat pour elle, la chambre d'hôtel. Cette idée acheva de lui émietter le moral.

— Pourquoi vous n'allez pas vous installer chez Rose ? lança tout à coup Mme Merlin avec une tête de tiens quelle bonne idée.

— Rose ? releva Claire dont la susceptibilité venait d'en reprendre un coup : Mme Merlin ne lui proposait pas de regarder des dessins animés assise à côté d'elle sur le canapé du salon jusqu'à ce que le monde redevienne plus gentil à son égard.

— Marie-Rose ou Rose-Marie je ne sais jamais, Dantrevoix, précisa-t-elle. Vous ne la connaissez pas ? Puis devant l'air hagard de Claire, elle ajouta : Non, c'est possible.

Elle paraissait un peu perdue dans le rembobinage du film, et tentait d'aimanter du bout de son index des miettes de broyé dont la plupart retombaient sur son chemisier avant d'atteindre sa bouche.

— C'est qui ?... MRD, dit Claire, ravie de découvrir en les prononçant la sonorité des initiales. Cette trouvaille lui avait redonné le sourire.

— Oh oui dites-donc ! Ça fait MRD comme...

— Comme ai merdé ! lança Claire que l'occasion de dire un gros mot à table mettait toujours de bonne humeur. Elle semblait ragaillardie par l'idée de rencontrer une femme dont les initiales

59

évoquaient, de façon si directe, le bilan qu'elle-même tirait de son existence. Donc, reprit-elle, c'est qui ?

— Eh bien c'est une dame dont Isabelle a dû faire la connaissance au moment de son mariage… Vous vous souvenez de la grande fête qu'elle avait donnée ?

Claire la fusilla du regard. Si elle s'en souvenait ? Elle avait passé des dizaines d'heures à assortir les nappes avec les bougies et à suspendre des lampions dans le jardin, à harmoniser les bouquets, et à disposer des coquillages sur les tables.

— Mais… madame Merlin… c'est moi qui avais fait toute la déco !

Claire, offusquée, se demanda si elle avait aussi peu marqué la cinquantaine de convives. Elle nota que Mme Merlin ne s'interrompait pas pour rectifier : Ah oui, suis-je bête ! Ou : Mon Dieu oui comment ai-je pu oublier, c'était si merveilleux ! mais qu'elle se contenta d'un : Bon si vous voulez, qui lui permettait, en grosse égoïste, de ne pas interrompre le fil de son histoire.

— Eh bien certaines personnes, poursuivit-elle, sont allées ce soir-là loger chez elle.

Devant le silence boudeur de Claire, elle précisa :

— Rose tient des chambres d'hôte.

Des chambres d'hôte. Voilà où on l'envoyait. Pourquoi pas en pension ? Mais pour être un hôte, il fallait être prêt à être accueilli. Claire ne parvenait pas à chasser l'idée qu'elle s'était faite de son séjour ici : seule, tentant de démêler le sens de sa vie dans une maison familière dont la gratuite mise à disposition lui aurait laissé le temps d'envisager – pourquoi pas – de s'installer dans la région.

— Qu'est-ce que vous faites en ce moment ? demanda Mme Merlin qui ne savait plus très bien par quel bout prendre les choses.

Claire n'était pas du tout d'humeur à parler de ça.

— J'écris un guide sur les ronds-points, répondit-elle, à la place de qu'est-ce que ça peut vous foutre, mais aussi pour juger l'effet de sa nouvelle vie.

— Ah ben dans le coin y'a de quoi faire ! lança Mme Merlin qui, en se tapant sur les cuisses, donnait l'impression à Claire que son projet, au moins, tombait à pic. Mais vous étiez pas dans le journalisme avant ou quelque chose comme ça ?

— Si. Bravo pour la mémoire, ajouta-t-elle un peu revancharde, mais… J'ai l'impression que je tourne en rond.

Mme Merlin semblait perplexe.

— Parce qu'en écrivant un livre sur les ronds-points vous croyez que vous allez pas tourner en rond ! lança-t-elle, fière de sa bonne blague ou de son interprétation psychanalytique.

— Non, je veux dire là, maintenant, j'ai l'impression de pas savoir quoi faire. Est-ce que je rentre à Paris, est-ce que je vais voir madame euh… Ai merdé, dit-elle avec un égal enthousiasme, je sais pas.

Mme Merlin, que cette visite distrayait mais elle aussi tournait en rond or elle avait du linge a ramasser et des haricots à équeuter avant Derrick qu'elle ne ratait jamais, jugea opportun de prendre les choses en main.

— Voulez-vous que nous l'appelions ?

— Non, non, répondit Claire qui n'avait pas encore pris de décision, hormis celle de se lever en faisant mine de s'en aller. Dites-moi seulement où c'est, je réfléchirai après.

Elle s'installa dans sa voiture et resta un long moment à détailler la façade de la maison d'Isabelle. Elle appréhendait de ne plus jamais la revoir. Elle était venue de Paris en partie pour veiller sur elle ; elles se seraient mutuellement protégées en évoquant leurs souvenirs. Mais elle était arrivée trop tard. La vieille dame avait été prise en charge par les urgentistes de l'immobilier. On allait lui infuser le câble et internet dans ses artères. Qu'elle en ait envie ou non, elle allait devoir vivre avec son temps.

Tout ça pour de l'argent, pensa Claire, il n'y a plus que cette valeur-là qui compte ! Elle en voulut à Isabelle, elle en voulait déjà au monde entier.

Elle poussa d'un doigt son CD, puis mit le contact. Dans la chanson, les gens continuaient à partir et à revenir, elle allait de nouveau se joindre à eux.

Le refrain, lui, arriva au bout de la rue. « *I'm not going anywhere...* », murmura-t-elle, les larmes aux yeux.

Elle eut le temps d'écouter trois-quatre fois la chanson, avant de croiser sur la route de Saint-Sulpice le fameux panneau avec un petit cheval. Elle ralentit, hésita, mais l'état de fatigue et de lassitude avec lequel elle avait repris le volant contrariait son intention de continuer à rouler sans savoir où aller.

En abaissant la manette du clignotant, elle se dit que les feux de détresse étaient deux clignotants indiquant une intention contraire en même temps.

Claire s'engagea au milieu des bois, sur un sentier caillouteux dont les ornières avaient été récemment comblées de petites pierres blanches. Elle y vit l'empreinte d'un Petit Poucet devenu terrassier à l'âge adulte.

De gigantesques chênes centenaires bordaient le chemin qui semblait avoir été tracé en fonction d'eux. C'est magnifique ! pensa-t-elle tout en regrettant de ne pas avoir eu de ticket d'entrée à acheter dans une guérite : au moins quelqu'un sur terre aurait su où elle se trouvait.

Un grand panneau blanc très défraîchi était accroché à un arbre et elle s'arrêta pour tenter d'en deviner le texte. *L'ouragan de 1999 a fortement endommagé la forêt, vous y pénétrez à vos risques et périls*, crut-elle lire une première fois avant de s'en assurer de plus près. En revenant sur ses pas, elle arborait un sourire conquis. Elle trouvait que, sans la connaître, cette Rose avait un côté maboul qui lui plaisait. Comment pouvait-on espérer faire venir des gens chez soi en les accueillant avec une pancarte officielle de l'ONF aussi décourageante !

Avant de remonter dans sa voiture elle ferma les yeux, et se laissa emporter par la fraîcheur d'une brise légère qui la poussa à lever lentement la tête vers le ciel. Elle écarta les bras comme le Christ immense qu'elle était devenue, et ramena vers elle une gigantesque brassée du rayonnement cosmique qu'elle avait ressenti.

Elle rouvrit les yeux et chercha l'image de sa grand-mère parmi ces nuages qui se couraient après, sur un fond de ciel bleu que découpaient en difficiles pièces de puzzle les branches enchevêtrées des arbres.

Il lui sembla entendre le martèlement de chevaux au galop, puis un étrange appel de bête préhistorique, était-ce une oie, une vache ou le braiment d'un âne, en tout cas ce matin elle était à Paris dans les embouteillages, maintenant où était-elle et quel jour étions-nous ?

Elle suivit le chemin qui au détour d'une courbe descendait en pente douce vers une immense prairie de plusieurs hectares. Elle s'arrêta à la sortie du bois et contempla cet îlot de nature que les agences immobilières avaient dû oublier de harceler. À moins qu'elles n'en aient été découragées : une pancarte en fer forgé représentant des bisons qui vous fonçaient dessus disait *Bienvenida en la Hacienda*, et d'épineux figuiers de Barbarie guidaient le visiteur jusqu'à l'entrée.

La maison était une sorte de longue bâtisse peinte en vieux rose, entourée d'une terrasse en terre cuite ornée de pots de géraniums et de lauriers fleurs, qu'abritait une pergola en bois dont la couleur vert pomme donnait à l'ensemble une touche indiscutablement mexicaine. Claire était sous le charme. Alentour, des chevaux broutaient, tandis qu'un âne devant la porte de son enclos lançait des cris perçants dans sa direction.

Deux chiens arrivèrent en aboyant, suivis d'une femme d'une soixantaine d'années aux cheveux gris relevés en un chignon mal fait. Pieds nus sur les graviers, elle était vêtue d'une grande chemise d'homme en toile roulée aux manches, dont les pans tombaient sur un vieux jean coupé en bermuda sans ourlet.

— Pomélo, tais-toi ! sembla-t-elle dire à l'âne en passant. Bonnie ! Clyde ! vous restez là ! devait être destiné aux chiens, enfin elle s'adressa à Claire :

— Pardonnez-moi, je ne vous ai pas entendue arriver, dit-elle un peu essoufflée, mais je peux compter sur Pomélo, ajouta-t-elle en riant, à défaut de pouvoir me fier à ces deux-là.

Le premier petit chien, une sorte de ratier mélangé à un Jack Russel, était déjà reparti en emportant une balle de tennis dans sa gueule que l'autre, Bonnie supposa-t-elle, une chienne de berger bicolore dont la tache entre le museau et l'oreille donnait une impression d'œil au beurre noir, voulait lui faire lâcher.

— Madame Dantrevoix ? dit Claire, souriante, en lui tendant la main.

Rose se méfiait de ce genre d'introduction commerciale et se demandait déjà ce que cette voiture immatriculée 75 pouvait contenir d'intéressant à lui refourguer.

— Je suis Claire Barré, une amie d'Isabelle Faure – cette dame avait peut-être de bonnes raisons, elle, de ne pas se souvenir de ce mariage auquel Claire ne se rappelait pas l'avoir croisée, sans doute ne l'avaient-ils pas invitée –, elle vous avait réservé des chambres à l'occasion d'une réception qu'elle avait donnée…

— Je m'en souviens, coupa Rose que l'histoire lassait encore plus que d'avoir à foutre dehors une représentante de commerce.

Claire attendait la suite mais elle trouvait que l'accueil manquait un peu de chaleur. Elle se demandait si elle ne ferait pas mieux de rentrer à Paris et de se chercher un studio à louer. Au moins elle aurait un lieu à elle pour se suicider tranquillement si l'idée lui en prenait.

— Excusez-moi, dit-elle en retournant timidement vers son véhicule, on m'a dit que vous faisiez chambres d'hôte, mais ça doit être une erreur. En fin de compte ça tombe bien, j'hésitais à rentrer chez moi.

Tout en prononçant ces mots, l'expression « rentrer chez moi » lui fit l'effet d'une catastrophe engloutie.

— Qu'est-ce qui vous fait dire ça ? lança Rose, la mine baissée malgré un sourire, en marchant derrière elle avec prudence.

— Rien, dit-elle, les larmes aux yeux et la main sur la portière. Ne faites pas attention, c'est votre accueil… aujourd'hui tout va de travers, je dois être très susceptible.

Rose se tenait à distance, les bras croisés. Si les visites imprévues la contrariaient toujours autant, elle avait un faible pour la fragilité.

— C'est pour vous la chambre ?

N'obtenant pas de réponse, elle enchaîna sur un ton plus amical :

— Pardonnez-moi, je suis désolée, j'ai un incorrigible défaut, je déteste être prise à l'improviste.

À son marmonnement, on devinait que Claire se retenait d'exprimer sa pensée.

— Je vis essentiellement de pensions pour chevaux, reprit-elle, et je ne fais chambre d'hôte que très occasionnellement. Plutôt quand c'est prévu. Ou alors à la tête du client comme on dit. Vous n'en avez vu aucun signalement d'ailleurs ? Si ?

— Non, répondit Claire, légèrement amadouée par le sous-entendu de son privilège.

Par ailleurs, elle ne pouvait s'empêcher de profiter de la sérénité du site. Cet endroit était merveilleux comme un dessin d'enfant. Un dessin qu'elle avait fait, ou qu'elle avait vu, elle ne se souvenait plus. Séjourner ici revenait à s'installer dans un livre. Un album aux grosses pages en carton colorées, avec des animaux partout dont on retient les noms, des fleurs, un arrosoir, des pommes rouges et des papillons.

— Allez, venez ! Je vais vous préparer une chambre ! Vous allez choisir, ajouta Rose en marchant devant prudemment, et puis on boira un Pimms sur la terrasse en bois, j'étais en train de ramasser de la menthe quand vous êtes arrivée.

Si Claire ne s'était pas sentie aussi bien dans cette maison, tout aurait été différent. Elle aurait accepté à contrecœur de dîner avec la dame en espérant que la télévision serait allumée, et se serait couchée à 21 heures avec une envie de mourir qu'elle aurait tenté d'étouffer sous l'oreiller jusqu'au lendemain.

Au contraire, elle circulait dans une hacienda aux teintes vives, bourrée d'objets, de souvenirs de voyages, de tableaux, de photographies, de chapeaux dont les plus légers, en paille, semblaient avoir été jetés à la va-vite par-dessus un perroquet ployant sous le poids de vêtements.

Une bibliothèque et d'imposants meubles de rangement de facture espagnole apportaient une touche de noblesse à la pièce principale, dont les plaids bariolés jetés à même les canapés, les lampes artisanales et les tapis tissés atténuaient le sérieux. De fatigués fauteuils en cuir semblaient attendre des corps amollis devant une très grande cheminée, et une longue table en bois, cernée de chaises multicolores assorties aux carreaux mexicains de la cuisine, trahissait l'impatience qu'on devait forcément ressentir à l'idée d'y prendre place.

Il ne manquait qu'une chose à cet ensemble baroque, son lustre, celui qu'elle avait dans la voiture, avec les têtes de mort et les croix.

— C'est drôle, j'ai l'impression d'avoir une pièce de votre intérieur avec moi ! lança-t-elle, debout au milieu du grand salon en pivotant sur elle-même comme si elle était à une exposition de tableaux. Elle n'en perdait pas une miette.

La nature était omniprésente grâce aux grandes baies vitrées, et Claire constata que Rose se tenait dehors, dans une prairie en contrebas. Elle était entourée de chevaux.

L'un, bai brun plutôt costaud, paraissait occupé à lui faire les poches, le deuxième, un grand alezan, se frottait énergiquement le chanfrein contre son dos et le troisième, un shetland pie, finissait de manger la carotte qu'elle avait encore à la main.

Rose fit signe à Claire qu'elle arrivait tout de suite et s'empressa d'aller vérifier le niveau d'eau de l'abreuvoir. Elle attendit encore quelques minutes, puis retira le tuyau d'arrosage du baquet. Elle se faufila entre les deux rangées de bandes électriques qui servaient de clôture, rattrapa par en dessous le tuyau qu'elle traînait, et le sortit du pré avant de l'entourer grossièrement autour d'une pierre. D'un vague aller-retour sur son bermuda elle essuya ses mains terreuses, puis les bras en l'air, ressaisit sa coiffure en remontant la pince qui maintenait ses cheveux. Claire remarqua qu'elle avait encore de belles jambes, musclées et bronzées. Elle portait des boots d'équitation aux pieds, des godillots déformés à élastiques sur le côté qu'on enfile facilement, un doigt passé dans leur languette arrière. Claire ne put s'empêcher de sourire de cet accoutrement qui traduisait son évidente indifférence aux critères de la mode.

Rose pénétra ensuite dans un des cabanons en relève de pin que comptait le terrain et en ressortit une pleine poubelle de fourrage à la main. Pomélo, son âne, accourut et la suivit en trottinant et en la bousculant un peu jusqu'à son enclos en bordure du bois dans lequel deux chèvres l'attendaient, de jolies alpines aux ventres bien rebondis et aux longues cornes recourbées vers l'arrière comme des armes de combat en position de sécurité.

Woh ! Woh ! cria Rose dans une sorte de dialecte sioux pour calmer l'excitation des animaux à la perspective de se jeter sur le foin. Déjà les chèvres avaient basculé leurs têtes vers l'avant, entrechoquant leurs cornes dans un joli duel maîtrisé, tandis que l'âne, prudent, se contentait d'attraper une bouchée de fourrage par-dessus les coups.

— Voilà, lança-t-elle en tirant le portillon derrière elle, on va pouvoir se poser.

Claire se tenait debout sur la terrasse en bois à l'arrière de la maison, elle semblait fascinée.

— Ça va ? Vous avez choisi votre chambre ?

Rose alla reposer la poubelle vide dans le cabanon. Elle se défit des brins d'herbe sèche accrochés à sa chemise et tombés dans ses boots.

— Vous en avez encore un peu dans les cheveux, dit Claire qui tentait, un peu gênée, de compenser son inutilité.

Rose secoua la tête comme un moineau qui sort du bain.

— Le foin c'est terrible, dit-elle en montant l'escalier. Ça se pique dans tout ! À part des robes que je ne mets plus jamais, je me demande si j'ai encore un vêtement qui n'en ait pas trace ! Alors ! enchaîna-t-elle, où vous êtes-vous installée ?

Elle avait choisi « la chambre bleue », les meubles étaient magnifiques, elle aimait la vue sur les bananiers parce que « ça faisait Costa-Rica ».

Rose ne voulut pas risquer de lui causer un nouvel embarras en lui confiant que c'était la chambre de sa mère, et se contenta de lui répondre qu'elle avait eu raison, c'était la plus agréable et la plus richement décorée. Elle pensa que cette jeune femme n'en avait pas tout à fait fini avec le goût de la vie.

Rose entra dans la maison puis en ressortit aussitôt, un paquet de tabac à la main. Elle se mit à rouler de ses longs doigts une cigarette qu'elle présenta maintenue par les deux bouts devant sa bouche, comme s'il se fut agi d'un harmonica dont elle allait tirer un petit air de country.

— Vous fumez ?

— Non merci, répondit Claire qui aurait adoré savoir faire ça. Elle avait toujours trouvé très sexy cette manière de faire glisser le bout de sa langue, et dans ce sens-là. Vous savez aussi siffler très fort avec les doigts dans la bouche ? ne put-elle s'empêcher d'ajouter, comme si l'un n'allait pas sans l'autre.

Rose émit un petit rire.

— Oui, et aussi fendre une bûche, bétonner des poteaux, conduire un tracteur et poser des clôtures électriques… Des boulots d'homme, devez-vous penser, elle alluma sa cigarette, mais je n'ai pas eu le choix, elle reposa le briquet sur la table et souffla lascivement la fumée en regardant son territoire. Sinon il aurait fallu que je renonce aux chevaux.

Or les chevaux c'était sa famille, ses enfants, ses pensionnaires, son métier.

Rose n'avait pas jugé utile de « cloisonner » sa vie. Un soir, elle avait tenté de comprendre son erreur. C'était peu de temps après la mort de Manuel. Au tout début de cette période où, vidé de ses larmes, on ne pleure plus tout le temps.

Elle était allongée sur le canapé du salon et écoutait le feu crépiter. Quelques lampes étaient allumées, pas assez pour illuminer la pièce, la juste quantité pour élargir la douce ambiance de la flambée.

Elle s'était dit : donc, normalement, quand tu perds ton mari, il te reste ton travail, ta maison, tes enfants. Ou bien si tu perds ton travail, il te reste ton mari, tes enfants, ta maison. Si, dans un ouragan, tes enfants sont emportés, ou si pour une question d'argent on doit te saisir ta maison, tu gardes au moins ton passionnant travail et ton merveilleux mari.

Même si ces combinaisons n'avaient rien de jubilatoire, Rose les trouvait toutes moins terrifiantes que la sienne. Manuel était mort, la pension pour chevaux lui paraissait trop lourde à gérer sans lui, elle allait devoir placer ses animaux et vendre la maison. Le chamboulement était énorme quant à envisager l'avenir, c'était pire.

Elle se demanda alors où irait Kawa-Samba, ce vieux cheval décharné qu'ils avaient recueilli quelques semaines auparavant et qu'il avait fallu tondre tant il était infesté de poux. Dans cet état personne n'en voudrait, pas même la boucherie.

Les autres chevaux seraient sans doute placés, mais la rareté des maisons de retraite pour équidés pourrait aussi contraindre leurs propriétaires à les abandonner voire à les sacrifier. Ils seraient tous séparés, à ces âges avancés où ils ne méritaient pourtant plus qu'une seule chose : qu'on leur foute la paix.

La vie d'un cheval. Une vie modèle de recommencements, faite de ventes et de reventes. Certains de ses pensionnaires avaient connu les courses : à peine sevrés, pas fini d'être bâtis, ce sont encore des poulains quand ils galopent, la selle et le poids léger du jockey sur le dos, à cinq heures du matin sur l'hippodrome désert, dans la brume à laquelle se mêle la fumée des naseaux.

Bons, mauvais, blessés, le sort en sera vite jeté. Lorsqu'on se retrouve sans le savoir dans le monde cruel de la finance on en connaît vite la loi : on rapporte ou on gicle. La moindre faiblesse et c'est le couteau direct, la viande hachée sous cellophane qui remplacera la jolie photo qu'on met dans les albums sous ce même mot : cheval.

Après cette brève période sportive, la plupart de ces chevaux avaient été reconvertis dans l'enseignement. Aussi paradoxal que cela puisse sembler, il avait néanmoins fallu tout leur apprendre. À part foncer tout droit ils ne savaient rien faire, mais acquérir plus de subtilité n'est pas, non plus, donné à tout le monde. Pour les plus difficiles, on avait dû chercher des cavaliers expérimentés qui s'étaient employés à lever leurs réticences.

« À vieux cavalier, jeune cheval » est un début de dicton.

Une de ces montures leur aura convenu un temps. Un temps seulement : en fonction de la discipline à laquelle on les emploie, il est plus ou moins court. Mais ce que le cheval aura perdu en vivacité, il l'aura compensé en maturité et conviendra à un pilote moins expérimenté.

« À jeune cavalier, vieux cheval » en est la chute.

Notre apprenti pilote voudra à son tour un moteur plus puissant, et vendra son équidé à un club hippique où il perdra peu à peu la fierté qui lui reste.

Au début tout le monde voudra briller sur ce nouvel arrivé pas encore usé à « faire la rame » mais il lui faudra moins d'une poignée d'années, pour rejoindre la plèbe, celle des canassons et des bourrins, des « boudins » aux côtes lattées par les injustifiés coups de talon d'un gosse qui sait à peine monter. On ne l'appellera plus monsieur suivi du nom de ses origines, comme il en avait l'habitude, on l'appellera par son prénom.

C'est comme ça chez les chevaux : c'est vieux qu'on vous tutoie. Désormais quand on cherchera son box tel le pieu d'un dortoir dans une longue salle commune, on ne demandera plus Dicky des Tours de l'Estrier mais Dicky, voire Dick.

Notre vieille gloire foutra bien encore une fois ou deux en l'air des touristes en short qui s'agrippent à ses rênes pour se prouver qu'il est encore un cheval, puis finira au pas dans un club de rando, à faire la même balade au cul d'un double-poney quatre à cinq fois par jour pendant l'été, jusqu'à ce qu'une gamine attendrie n'oblige ses parents à l'acheter pour lui épargner la boucherie comme dernier gros client, avant les caddies.

À part Roméo, son propre cheval, un croisement d'anglo-arabe et d'appaloosa absolument insup-portable malgré ses dix-huit ans mais terriblement attachant et qui avait eu la chance à l'âge de sept ans de tomber sur Rose dans un centre équestre, tous ses pensionnaires avaient plus ou moins connu cette vie-là. Ils appartenaient pour la plupart à d'anciens cavaliers amateurs ayant quitté la région, mais qui continuaient à travers leur cheval d'entretenir leur rêve de liberté, et à coups de réguliers versements de pension, l'idée qu'ils se faisaient d'un monde meilleur.

Rose les avait soigneusement triés sur le volet ; elle avait fait de fâcheuses expériences dans ses débuts, avec les doux rêveurs de mondes meilleurs.

Sa plus ancienne pensionnaire, celle qui l'avait poussée à se lancer dans l'aventure, était une jument grise nommée Sandra. Rose ne savait pas très bien quel âge elle avait, mais d'incroyables recoupements d'histoires permettaient de lui donner environ trente-cinq ans.

C'était une vieille amie à présent. Autant se planter un nouveau couteau dans le cœur que de voir Sandra monter dans un camion. Rose ne pouvait en dire autant de tous ses chevaux, mais elle ressentait pour elle un attachement viscéral. Peut-être parce que c'était une jument. Peut-être parce qu'elle avait été souvent trompée, abandonnée même, au fin fond des marais de Vendée, comme un Camargue dont elle avait l'allure, condamnée à chercher durant plusieurs hivers la maigre nourriture que ces terres pauvres et humides produisent. Elle avait été de nouveau vendue, ses papiers d'identité détruits pour la faire passer pour plus jeune, puis repérée par une enfant dont elle était devenue à portée de bourse à condition qu'elle la conduise sur la plus haute marche du podium d'un club local. Ce n'était pas forcément un exploit à accomplir pour une jument habituée à tout donner pour manger à sa faim, mais ce fut une gageure douloureuse lorsqu'elle s'avéra pétrie d'arthrose.

Et Pomélo ? Mon Dieu Pomélo. Ce petit âne blessé à force de trimballer des paniers bien trop lourds pour lui, remplis de pamplemousses dans le sud de l'Espagne. Manuel l'avait acheté, devinant que, sur son inutilité prochaine à pouvoir travailler, planait l'ombre d'autant plus imminente du couteau qu'ils se trouvaient en vacances en territoire gitan. Entre Manuel et Pomélo qui a cette époque ne portait que des paniers mais pas de nom, sauf celui de son genre, « burro » pour le désigner, il s'était passé quelque chose.

Tu te rends compte, lui avait dit Manuel en retenant Rose par le bras, c'est lui qu'on appelle « bourreau » quand ils l'avaient vu s'avancer vers eux, trébuchant sur les pavés irréguliers d'une ruelle étroite, pliant autant sous le poids énorme des fruits jaune et rosé dont il était bardé, que sous les coups de bâton d'un gamin qui s'employait de cette façon brutale à devenir un homme.

Les plaies de l'animal étaient suintantes et purulentes. Il empestait presque la charogne lorsqu'il s'arrêta devant Manuel et qu'il choisit de tituber, faisant tomber une partie de sa cargaison, des boules colorées qui roulaient comme des folles dans la ruelle en pente.

Nous avons mangé des pamplemousses pendant un mois ! plaisantait Rose lorsqu'elle racontait cette histoire qui avait fait d'eux le centre du village pendant la demi-journée que la tractation avait duré, et qui incluait dans ses termes la soixantaine de kilos de fruits restée dans les paniers. Manuel avait d'abord parlementé avec l'enfant, puis avec son père qui lui même avait eu besoin de l'aval d'un plus vieux, son frère sans doute, des hommes bruns aux yeux sombres, tout droit sortis de Garcia Lorca.

Rose se souvenait qu'après leur avoir exprimé son mépris d'un regard, elle s'était sentie troublée par leur présence comme au milieu d'un flamenco dont elle aurait été l'enjeu, prête à tuer ou – elle avait trouvé ça plus surprenant de sa part – à se donner. Elle s'était dit ma vieille ressaisis-toi, ton mari ne va pas t'échanger contre un âne, c'était si sûr, si évident, qu'elle avait regretté un bref instant que sa vie manquât toujours d'un peu plus de piquant.

Elle s'était concentrée sur les paroles de Manuel qui s'insurgeait contre les deux hommes en leur montrant les plaies de l'animal et en invoquant la loi avec raison. Mais la loi chez eux relevait de la lame, un bras que, parfois, l'argent permettait de suspendre. Elle les avait laissés aller seuls au bistrot et s'était contentée de rester entre faibles, auprès de Pomélo qu'elle soulageait de son barda.

Ensuite elle avait ri, mais ri ! Rirait-elle encore à ce point aujourd'hui ?

De voir Manuel traîner son âne vers la sortie du village à la recherche d'un endroit tranquille où il pourrait, sans que tous les habitants guettent le dénouement, réfléchir aux conséquences de son acte. Il était désormais flanqué d'un bourricot blessé au fin fond de l'Espagne où ils s'étaient rendus pour quelques jours seulement et… en avion ; il devait pourtant bien y avoir une solution. Car Manuel était formel, entre cet âne et lui un courant était passé : il n'avait pas choisi de tomber par hasard à ses pieds. Ils s'étaient reconnus. Il était à la fois le petit âne des albums de son enfance et celui de *Platero et moi* toujours présent sur sa table de nuit.

— Je sais ! avait dit Rose, avant que Manuel ne lui rappelle une de ses théories du hasard… Eh bien c'est que nous avions rendez-vous !

Ils avaient, à l'aéroport, revendu leurs billets et échangé leur voiture de location contre une espèce de camionnette deux places dont Manuel avait couvert l'arrière de paille, puis récupéré Pomélo chez le vétérinaire qui avait pu stopper a temps la gangrène. Pendant tout le trajet, l'âne, attaché derrière Rose, lui avait mâchouillé les cheveux, ce qui avait eu pour effet semble-t-il, et une fois les fous rires passés, d'inverser à jamais l'ordre de l'autorité. Pomélo était devenu un adulte très turbulent et débordant d'affection pour Rose, qu'il ne respectait que lorsqu'elle le grondait très fort, autrement il n'y croyait pas. Il passait sa vie à l'appeler dès qu'il l'apercevait hors de la maison, puis avait élargi son champ de communication à l'ensemble des visiteurs.

C'était assez pratique, à défaut de joli, ce braiment dont les décibels dépassaient en puissance ceux du lecteur CD ou de l'aspirateur. Et puis ça mettait sur ses gardes, cette bouche toutes dents dehors, qui se tordait vers vous en laissant échapper un hurlement décuplé de porc qu'on abat. Pomélo était devenu une sorte de gardien prônant la mise en garde plutôt que la violence.

Serait-ce désormais la sonnette d'un appartement qui la préviendrait d'une visite ? Le ding-dong anonyme d'un animal en boîte ? Mon Dieu, pensa Rose. Enregistrer le braiment de Pomélo et se retrouver à la porte de l'immeuble au premier doigt sur la gâche n'était pas une solution à retenir non plus.

Ce fut néanmoins avec un petit sourire aux lèvres que, tout en attisant une dernière fois les braises avant d'aller se coucher, elle s'était sentie confrontée à la troublante obligation de tout garder.

Elle avait ensuite installé le pare-feu puis éteint les lumières du salon. Elle avait ouvert la porte aux chiens pour leur permettre de sortir une dernière fois, s'était assurée que les chats avaient assez de croquettes pour la nuit et qu'ils ne manquaient pas d'une eau fraîche et propre que par acquit de conscience elle prit le soin de renouveler.

Ayant rappelé les chiens, elle les avait laissés la précéder dans l'escalier puis, la main sur le dernier interrupteur du rez-de-chaussée, elle s'était demandé si, pour la première fois depuis des semaines, elle n'avait réellement rien oublié de faire. Et sans pleurer.

Et si c'était elle sa mère ? Cette femme rousse un peu enveloppée qui essuyait en silence des verres derrière le comptoir de ce café de la gare de Rochefort encore ouvert à cette heure tardive. De Rochefort-sur-Mer, aurait précisé Nicolas qui trouvait singulier d'être né et d'avoir été abandonné dans une ville dont le nom laissait croire à une étroite proximité, quand de la mer Rochefort était éloigné d'une vingtaine de kilomètres. Il avait imaginé que cette mer, là aussi, avait abandonné la ville, lui laissant son nom de famille comme un souvenir sur la pancarte.

Il avait vérifié en entrant dans le bar que son annonce figurait bien dans la gazette qui se trouvait en pile tout au bout du comptoir. Oui, elle y était bien et ça l'avait glacé, ce soudain tête-à-tête.

Il s'était persuadé de continuer.

L'âge, elle l'avait. Celui d'être sa mère. Quelle autre notion que celle d'apprivoiser le temps régissait les questions qu'il se posait, assis au fond de la salle, sur une banquette en skaï rouge trouée de cigarettes, devant trois chopes de bière vides posées sur des sous-verre en carton qui n'avaient été fabriqués que pour dire Kanterbrau jusqu'à la fin de leurs jours.

Formatés. Voilà ce qu'on était. Comme des sous-verre. Condamnés à atteindre un âge imprécis mais inévitable qui devait obligatoirement faire de nous un parent. « Ben ! Il a l'âge d'être son père ! » avait-il entendu maintes et maintes fois – qu'on parlât de lui ou de quelqu'un d'autre – comme une fatalité, une évidence. Laquelle ?

Enfin l'âge, elle l'avait. Pour le physique, en revanche, Nicolas devait convenir qu'il aurait plutôt pris de son père. Un Méditerranéen sans doute, au regard ténébreux, échoué dans ce port de l'Atlantique que la mer a quitté pour une obscure raison.

Il l'imaginait être entré par cette porte au verre dépoli, un sac à la main comme ces voyageurs, ces bidasses, ces marins qui attendent leur train. Un militaire, voilà peut-être ce qu'il était, muté dans cette ancienne ville de garnison où il avait fini par tromper son ennui avec une petite du coin, la gamine du bistrot de la gare, une rouquine bien roulée que ses parents débordés avec le café ne surveillaient pas trop.

Ce serait ça son histoire ? Une aventure soldée neuf mois plus tard par un dépôt sans caution dans la salle des adoptions de la maison maternelle de la ville ? Seul, comme le con qu'il était déjà, comme ce soir, comme presque toujours s'il avait le courage de faire le compte.

Mais si c'était pour en arriver là, demandait-il à des bocks de bière habitués à entendre toutes sortes de confessions, ne se serait-elle pas débarrassée de l'enfant plus tôt ? Les chopes, quand elles réfléchissaient, avaient l'air impassible. En menant la grossesse à son terme et en lui donnant ces prénoms, Nicolas et Aimé que l'administration, faute d'adoption, avait fini par lui taper en majuscules à la machine à l'emplacement du nom de famille, n'avait-elle pas plutôt pensé le garder ? L'avait-elle… souhaité ?

C'était une des réponses qu'il était venu chercher. La précision qui manquait à son état mental pour être plus conforme à celle de son état civil. Mais les bocks de bière préféraient se laisser attraper par la queue et monter et descendre le long de son gosier autant de fois qu'il le voulait que d'avoir à se prononcer. Ils étaient comme les psys, payés pour les secrets.

Ému, il leva de nouveau les yeux vers le bar et observa cette femme.

Non, elle n'était pas sa mère parce qu'à cet instant même, elle ne le regardait pas. Elle ne s'émouvait pas de voir un homme de trente-neuf ans, les larmes aux yeux, la dévisager en lui demandant pardon d'être venu au monde et puis ici. Elle n'avait pas jeté d'un geste sec son tablier sur le comptoir avant de soulever le passe pour s'avancer vers lui : « Oh !… ça va pas mon grand, pour qu'tu viennes voir ta mère… »

Non au contraire, elle avait ri. Aux éclats même, et aux blagues de pochetron que devait lui débiter l'autre abruti en noir, celui qui usurpait ses fonctions de client en se tenant au milieu du passage de service, un pied dans le patronat, l'autre dans l'anonymat.

Rien que pour le déranger, Nicolas recommanda un demi.

Elle empoigna une chope, la rafraîchit sous le jet d'eau glacée, puis abaissa machinalement la poignée en inclinant légèrement le verre. Elle bouscula un peu l'homme en noir en passant derrière lui le plateau à la main mais celui-ci s'arrangea pour que de leur frôlement il eût quelque chose de pétillant à dire, une phrase que Nicolas ne put entendre mais dont elle avait encore trace de la coquinerie aux coins des lèvres en atteignant la table où il l'attendait.

Il nota qu'elle portait un crucifix autour du cou et se demanda si c'était en guise de pénitence, de fardeau, ou juste le symbole d'un drame dans sa religion.

Il prêta à l'étrangeté qui devait émaner de sa personne le fait qu'elle lui demande de régler aussitôt, mais peut-être était-ce dû au nombre de ses consommations dont elle ramassait les verres vides sur la table en attendant qu'il trouve sa monnaie.

Et puis elle ne pouvait pas être sa mère tout simplement parce qu'aucune femme ne l'avait jamais été.

Il se souvint de cette violente altercation qu'il avait eue vers l'âge de neuf ans, avec une de ces mères de substitution dont la DDASS l'avait flanqué, Mme Marchand. C'était à la sortie du commissariat où elle avait été, excédée, le chercher pour la énième fois, mais elle était, ce jour-là, particulièrement irritable. Un de ses « vrais » enfants se trouvait à l'hôpital dans un état critique, elle s'était disputée avec le banquier puis avec son mari alors que le garagiste avait été formel : la voiture était foutue. Et en plus, avait-elle dit, en lui arrachant à moitié le bras en le traînant dans la rue, ce con de gamin qui est même pas le mien arrête pas de faire des conneries !

Putain ! Mais t'es pas mon gamin ! lui avait-elle répété en le secouant face à elle en plein milieu de la rue comme si ce rappel avait une chance de guérir son goût pour les disparitions. Nicolas s'était débattu puis de nouveau enfui en courant et en criant à son tour : Et toi t'es pas ma mère ! Personne n'est ma mère. Personne !

Il avait erré une journée entière, puis s'était écroulé à la sortie de la ville, dans la paille d'une vieille grange où il avait trouvé une assiette de pâtée pour chats, qu'une fillette venait déposer en cachette de sa mère. Il avait écouté avec une curiosité empreinte de jalousie et de fascination cette voix maternelle l'appeler et s'inquiéter de son sort depuis la grande maison tout en bas du terrain. « Sylviane ? Où es-tu ? Mais qu'est-ce que tu fais ? » tandis qu'il observait, tapi derrière des sacs de grain, l'enfant se dépêcher d'ouvrir une boîte à des chatons aux yeux même pas ouverts qui, bien évidemment, tétaient encore leur mère. « Tenez, leur disait-elle, c'est pour grandir plus vite ! » Après quoi elle s'enfuyait, tandis qu'il répétait ces mots avec mélancolie, assis par terre, le dos contre un poteau, piochant avec ses doigts les bouchées d'une pâtée que la chatte, insensible à sa situation, lui reprochait de toucher.

C'est pour grandir plus vite, s'excusait-il, désolé d'avoir à contrarier une fois de plus une mère, qui de surcroît semblait s'en régaler.

Mais pourquoi disait-elle ça aux chatons ? s'était-il demandé ayant pour seule occupation l'observation de ces boules de poils qui passaient leur temps à s'escalader les unes les autres au ralenti, pour tenter de trouver dans le noir un téton disponible. Leurs vies clandestines mais protégées lui paraissaient au contraire enviables. Que deviendraient-ils plus grands ? De gros matous à l'œil crevé dans le meilleur des cas. La pâte à tarte d'une roue de voiture dans le pire. Non vraiment, il avait beau réfléchir, il ne voyait pas.

Peut-être qu'elle parlait d'elle en fait, en déduisit Nicolas qui croisait et décroisait lentement ses jambes ankylosées. Peut-être que c'était elle qui avait envie de grandir pour s'en aller, élever des chats sans qu'on l'appelle.

Et lui ? Lui, qu'allait-il devenir ? Un gros dur au physique amoché ? Ou le contenu d'un cercueil que personne ne suivrait ?

Après avoir savouré sa liberté, Nicolas avait ressenti une sorte de tristesse s'abattre brutalement sur lui. Il était rentré de lui-même chez les Marchand, l'air bien moins conquérant que les fois précédentes, ébranlé par les mots de cette petite Sylviane qui s'étaient mis à trotter dans sa tête.

Mme Marchand l'avait pris dans ses bras, elle regrettait ce qu'elle avait dit, bien sûr elle ne le pensait pas, quel bêta, pourquoi imposer toute cette peur. Sans doute parlait-elle de la sienne et non de celle qu'il ressentait lui, en permanence, de se savoir si seul.

En tout cas une fois de plus il avait constaté qu'en inquiétant les gens, ils se montraient toujours plus attachés à vous.

Les yeux plongés dans le bock de bière qu'il portait à ses lèvres, Nicolas réalisa avoir agi pareil. Une fugue, voilà ce qu'aujourd'hui encore, il venait de commettre. Il s'en trouva blessé, vexé, anéanti.

Les phrases se mirent à le marteler : Tu ne changeras donc jamais ? C'est un fuyard, un fuyard. Un gosse comme ça, ça m'étonnerait que ça donne quelque chose de bon. Une bouchée pour Papa, une bouchée pour Maman. C'est pour grandir plus vite ! À la maison maternelle dites-vous, en quelle année, 69, tiens-donc, une année érotique ça non ? Pathétique dites-vous ? Allons voyons !

D'un revers du bras, il balaya la table, envoyant s'écraser sur le sol un demi à moitié plein, une soucoupe en plastique qui contenait du pourboire, un ticket déchiré et un sous-verre en carton qui, tombé à l'envers, frottait du Kanterbrau à un sol en lino. Il s'écroula en larmes, la tête enfouie dans ses bras croisés sur la table. Dans son terrier, il se sentait à la fois invisible et protégé.

Faut s'en aller maintenant, entendit-il.

Faut s'en aller, répéta-t-elle, tandis que l'absence de sujet dans la phrase lui permettait, du fond de sa tanière, d'envisager qu'elle viendrait avec lui, vêtue d'un pardessus et son sac à la main, maintenant qu'elle avait compris qui il était, maintenant qu'ils s'étaient retrouvés.

En attendant que Rose l'appelle pour le dîner, Claire s'était assise en tailleur sur son lit. Elle s'était installée naturellement du côté gauche, comme elle le faisait depuis qu'elle avait atteint l'âge des lits à deux places, et regardait le côté droit comme la preuve de l'échec de sa vie amoureuse. Elle y avait posé *Belle du Seigneur* dans son édition de luxe.

Sa grosse valise rigide attendait debout devant la commode qu'on lui explique l'intérêt de l'avoir descendue de la voiture, et son ordinateur portable replié sur lui-même avait ce même air renfrogné, malgré la jolie petite table en acajou sur laquelle il était posé. Elle avait éteint son téléphone de peur qu'il ne sonne toujours pas, et sa guitare semblait punie, au coin, derrière un siège. À part le petit sac de voyage dans lequel elle avait attrapé sa trousse de toilette, tout avait l'aspect fermé et peu avenant du rideau de fer d'un magasin. Voilà encore un sujet sur lequel elle aurait aimé être éclaircie : ces rideaux métalliques, pourquoi les faisait-on si laids ? Gris, tristes. Jamais une fresque, un joli paysage pour atténuer la morosité d'une boutique fermée.

Claire se demandait en fin de compte ce qu'elle faisait là ; elle détailla les gravures et tenta de deviner face à ce portrait du XIXe ce que cette femme à la coiffure pourtant si éloignée de la sienne lui conseillait de faire du haut de sa vieille expérience. Elle tenait dans une main posée devant elle un bouton de rose et pourtant elle ne souriait pas. Claire en déduisit qu'elle l'avait cueillie elle-même à défaut d'avoir un prétendant qui la lui aurait offerte. Cependant, elle n'avait pas l'air si jeune. Elle avait quelque chose de la fille que les parents n'arrivent pas à caser. Celle que les hommes ne regardent pas ou seulement pour s'assurer de ce qu'ils ne veulent pas. Une tourmentée que le délaissement avait rendue généreuse et jalouse, à cause de la confusion qui s'abat sur les âmes seules.

Claire trouvait curieux de se sentir proche de cette femme dont elle calcula grosso modo qu'elle aurait entre cent cinquante et cent quatre-vingts ans aujourd'hui, ce qui *a priori* ne la destinait pas à s'en faire une copine. À présent elle voyait une égérie à la Bovary, dont les anglaises tombant de part et d'autre du visage comme le signe d'une inutile coquetterie lui semblèrent attendrissantes.

Concentrée sur le moindre détail, Claire était fascinée par la perfection des rouleaux. Rien que l'idée de tourner, pendant des heures, une mèche le long de sa joue avec une brosse rigide comme si elle se vissait un écrou dans le cerveau lui donnait la migraine.

Puis c'est le raffinement de sa tenue qui força son admiration. Claire s'inquiéta de savoir à quelle heure elle aurait dû mettre son réveil pour paraître au bureau dans cette tenue. Elle jugea les hommes bien injustes de priver cette femme des égards qu'elle mettait tant de soin à vouloir susciter.

Mais t'es complètement folle, ma pauvre fille, se dit Claire en se laissant tomber contre les oreillers. Elle allongea les jambes sous l'édredon et tapa de chaque côté avec le plat de sa main comme quand on a fini de s'enterrer dans le sable. Peut-être que c'était la grosse tombeuse du coin et qu'elle n'a pas du tout besoin de tes commisérations. Elle.

Claire jeta un nouveau coup d'œil au portrait au cas où le sujet en aurait profité pour changer de pose ou d'expression. Mais ça m'étonnerait, en conclut-elle. Elle a vraiment l'air d'une vieille fille.

Cette pensée l'arrêta net. Tel un fil de pêche auquel on aurait renoncé depuis longtemps, elle se mit à essayer de la démêler. C'est démodé cette expression, ça devrait même plus exister. Parce que ça veut dire quoi ? En fait. Ça veut dire pas mariée ? C'est ridicule.

Elle lui trouvait en revanche une tête à ne pas avoir d'enfant. Ça, c'était sûr. Frappée par le nouvel impact de cette certitude, elle se leva pour aller vérifier dans la salle de bains si son propre visage en disait autant.

Elle y vit une jeune femme de vingt-huit ans, de taille moyenne, surtout sans ses chaussures, plus mignonne que jolie, à cause de ses yeux en amande et de ses taches de rousseur sur le nez qui lui donnaient un air espiègle, que ses cheveux châtains coupés aux épaules et sa frange ne faisaient rien pour contrarier. Sans doute était-ce la conséquence de sa rencontre avec la dame du tableau, mais elle se fit de la peine.

Elle avait l'impression – la coiffure en moins – de lui ressembler, d'avoir le même air abattu de celles qui ne cherchent plus à s'expliquer pourquoi on leur préfère toujours quelqu'un d'autre.

Elle pensa à François, puis à Isabelle qui la privait à jamais de cette maison qu'elle aimait tant, et sortit de sa chambre la gorge nouée, rejoindre Rose qui s'avérait être la seule personne à l'attendre.

Faut s'en aller maintenant, répétait Nicolas Aimé, qui s'appuyait en marchant aux tristes murs des immeubles assoupis du quartier de la gare de Rochefort, de Rochefort-sur-Mer.

Deux fois ! haranguait-il, cherchant lequel des doigts choisir dans ses deux mains pour illustrer le chiffre. Deux fois, dans la MÊME journée ! vantait-il aux voitures endormies, qu'une femme me dit : Maintenant… faut s'en aller.

Sylviane s'matin,… pis la dame du bar.

Comme si y'avait plus rien à faire. Plus rien à dire. Chuuut ! ! fit-il un doigt sur la bouche.

Mais j'fais qu'ça ! confia-t-il, appuyé à une gentille AX qui le soutenait de son aile blanche. J'fais qu'ça d'puis qu'j'suis né ! D'm'en aller.

Pasque, déjà. Quand j'suis né. Y zétaient tous partis. Mes parents j'veux dire. Alors ben j'ai fait pareil.

On fait pas toujours un peu comme ses parents ?

Son index traçait des petits chemins sur la poussière de la carrosserie.

Mais c'était pour aller où ? demanda-t-il à la voiture après en avoir fait le tour pour la regarder droit dans le pare-brise. On me dit faut s'en aller, faut s'en aller, moi je veux bien mais c'est pour aller où ? C'est où le bout ? Ça doit vraiment être que la terre est ronde pour qu'à force de partir je me retrouve encore ici. Non ? Dans ce putain de Rochefort de merde !

Ou alors je suis con. Je suis vraiment trop con.

Tu sais quoi ? poursuivit-il en reculant un peu, les yeux dans les phares et les poings sur les hanches. Tu sais ce qu'on me répond à chaque fois ? C'est pour ça que je te parle à toi parce qu'au moins tu dis rien donc tu dis pas de conneries. Que j'ai pas su profiter de ce que j'avais !

Il éclata de rire en tombant à plat ventre sur le capot de l'AX. De loin, les spasmes de son hilarité auraient pu laisser croire qu'il lui faisait l'amour.

Mais j'avais quoi ? Il reprenait son souffle. Une mère qui m'aimait pas qui m'a appelé Aimé, une femme qui m'aimait pas qui pensait à un autre quand elle disait m'aimer, un gosse qui… il hésita, un gosse qui rien du tout. Pas de gosse. Qui m'aimait ou pas, à l'arrivée, c'est pas de gosse.

Il entendit une fenêtre s'ouvrir énergiquement.

C'était sa mère sûrement, cette fois c'était elle, il était tombé devant sa porte, il était peut-être même couché sur sa voiture, une AX qu'elle avait achetée pour la dédicace et choisie de couleur blanche. Alors il attendait, impatient, savourant les yeux clos la magie du hasard, des rencontres, des histoires.

— C'est pas un peu fini ce bordel ? entendit-il très distinctement à la place de : Tu veux que ta maman vienne ?

Il pouffa d'un rire nerveux tout en se redressant, et tourna vers la fenêtre un visage dont le réverbère faisait briller les larmes et la détresse.

— Faut s'en aller maintenant ? demanda-t-il d'un ton pâteux. C'est ça, que vous allez me dire ?

Il attendait la suite, un peu chancelant.

— Oui, répondit la voix de l'homme qui s'était radoucie face à un tel naufrage, faut s'en aller maintenant. Allez vous coucher !

Nicolas attendit en silence que la fenêtre se referme.

Tu sais ce que je suis devenu ? murmura-t-il au rétroviseur de sa nouvelle amie comme à une oreille. Je suis devenu un chien qu'on vouvoie.

Il s'éloigna de quelques pas, puis revint compléter sa pensée en se baissant encore à son niveau : Après il y a le chien qu'on tutoie et après encore, le coup de pied au cul ! lui lança-t-il en shootant dans son pneu et en étouffant un petit rire sarcastique. Tu vois que j'ai des paliers !

Il s'enfonça dans la nuit et dans la triste solitude de ce quartier désert, puis, comme un roi mage qui aurait perdu son étoile, il se laissa guider par l'enseigne clignotante du bout de la rue sur laquelle il concentra son esprit saturé qui répétait hôtel, rien, hôtel, rien, hôtel, rien.

Claire brassait une salade à base de roquette, de tomates du jardin, de petits morceaux de fromage de chèvre et d'herbes aromatiques tandis que Rose se débattait avec un barbecue qui avait du mal à prendre.

— Ah, ça y est ! déclara-t-elle, il semble enfin parti. Le petit bois encore humide paraissait disposé à faire autre chose que de la fumée.

Elles étaient assises sur la terrasse en bois et rallongeaient leur Pimms d'eau gazeuse qu'elles agrémentaient de temps en temps d'une petite rasade d'alcool en picorant des crevettes grises.

Le soleil s'apprêtait à s'en aller réveiller des gens un peu plus loin sur la planète, et en contrebas les chevaux broutaient paisiblement dans le calme de la nuit tombée qu'ils troublaient parfois de bruyants soupirs d'aise en changeant de place de quelques pas.

Après avoir tournoyé en cercle dans le ciel, ses longues ailes déployées en planeur, une buse se percha sur un piquet en bois.

Claire l'observait avec un mélange d'appréhension et de fascination.

— Ça a quand même toujours un air supérieur les rapaces, vous ne trouvez pas ? lança-t-elle, attentive au port de tête altier de l'oiseau dont le bec crochu et les yeux ronds et perçants donnaient une impression d'autosatisfaction. Rose lui sourit en retour d'un air songeur.

— Et vous, répondit-elle, vous avez toujours ce sentiment d'être dominée par tout ce qui vous entoure ?

Le rougeoiement des braises sembla se refléter sur les joues de Claire.

— J'aimerais bien vous répondre pas du tout, mais je vais dire, un peu. Même si à cette distance je pense pouvoir dégommer cette espèce de busard d'un seul coup de fusil.

— Tiens donc ! Vous chassez ?

— Mais non… Bien sûr que je ne chasse pas. Comment voulez-vous que j'aie envie de priver un oiseau de planer… Mais vous me demandez si je me sens toujours dominée alors je vous réponds que je peux trouver des moyens d'y remédier.

— Radicaux !

— Oui, radicaux c'est vrai. C'est ce que je viens de prouver en venant ici. Ça va pas, je m'en vais. Je ne sais ni pour aller où ni pour faire quoi, à part écrire un livre sur les ronds-points, vous savez ces machins ronds qui vous permettent de faire demi-tour…

— C'est ce que vous inspirent les ronds-points ? Une possibilité de revenir en arrière ?

— Pourquoi pas ? Enfin moi j'ai pas dit revenir en arrière, précisa Claire qui se demanda si demi-tour avait exactement le même sens. Mais je pense que c'est fait pour réfléchir. Et pas forcément pour foncer tout droit comme les gens ont l'air de croire qu'il faut avancer dans la vie.

Affairée à son barbecue, Rose, bien qu'elle lui tournât le dos, l'écoutait avec amusement.

— Quand j'ai commencé à me documenter sur le sujet, reprit Claire, j'ai observé des photos de villes vues d'avion. Eh bien vous savez ce que j'ai remarqué ?

Elle attendit que Rose manifeste son impatience à entendre cette révélation en se tournant vers elle.

— Que sur une avenue, les ronds-points vont souvent par trois… Comme des points de suspension ! précisa-t-elle un peu déçue que Rose se soit contentée de hausser les sourcils, l'air incrédule. Si c'est pas fait pour réfléchir ou se donner l'opportunité de remettre en cause le chemin qu'on s'est tracé, ça !

Rose s'était remise, elle, à brasser ses ailerons de poulet, amusée par cette interprétation du tracé des chaussées, à laquelle malgré tout, elle ne pouvait s'empêcher de soumettre au test les grandes avenues qu'elle connaissait.

Claire s'imagina l'avoir épatée. Elle avait surtout besoin de se sentir comprise.

Tout en grattant d'un ongle une petite tache de boue qu'elle venait d'apercevoir sur sa robe, elle repensa à son désarroi tout à l'heure face à la dame du tableau de sa chambre.

— Je n'ai pas d'enfant vous savez, lança-t-elle avec une logique qui n'appartenait qu'à elle.

Rose mit un petit instant à saisir le tournant de la conversation. La fourchette en l'air, elle sembla interroger les bois, ses habituels interlocuteurs, sur l'attitude qu'il convenait d'adopter.

— Et alors ?

— Ben tout le monde en a, répondit Claire avec un hochement de tête qui accentuait l'idée qu'il était largement trop tard pour intervenir. Tout le monde en a et... – elle pensa à François qui ne cherchait même pas à la joindre, à ses filles qui se réjouissaient sans doute tout autant qu'elle à l'idée qu'elles ne se verraient plus, mais au bout du compte c'était quand même elle qui était seule ici – et quand t'en as pas, ben... t'as jamais ta place. Tu passes toujours après. C'est les mômes d'abord. Toujours, c'est les mômes d'abord.

« Vous avez remarqué comment les gens se comportent avec une personne qui ne boit pas une goutte de vin ? Tout le monde lui tombe dessus. Avant c'était quand tu fumais pas que t'étais naze. Maintenant c'est quand tu fumes. Je ne sais pas pourquoi les gens sont si hostiles à tout ce qui ne leur ressemble pas… précisa-t-elle sur un ton vindicatif censé traduire son éternelle rancœur. »

Son interlocutrice ne relevant aucun de ses propos, elle abrégea d'un air abattu :

— Enfin bref, je ne sais pas très bien quoi faire de moi.

Rose écoutait, en retournant sur le barbecue les petites ailes de poulet marinées dont elle se félicitait d'avoir une provision dans son congélateur. La maternité ou le désir d'enfant était un sujet qui lui permettait toujours de faire le point sur ce qu'il lui restait à faire : étendre du linge, rentrer du foin, rincer son maillot de bain. Disons que c'était un sujet qui ne la passionnait pas.

— Vous avez des enfants ? osa Claire qui était en manque d'approbation.

— Non. Je vis entourée de buses aux airs supérieurs, décréta Rose, sa longue fourchette tendue vers la fumée.

Une ombre passa sur le visage de Claire.

— Vous dites ça pour moi ?

Rose se mit une nouvelle fois à rire. Mais non voyons ! Elle répartit dans les assiettes les morceaux de poulet et chargea Claire de lui passer la carafe et un morceau de pain.

Devant l'air incrédule de Claire, elle ajouta :

— Vous m'amusez beaucoup, rassurez-vous. Moi, ce que je trouve absurde, c'est qu'on nous oblige à prendre soin de nous alors que par ailleurs on fait péter la planète. Je me demande pourquoi on veut absolument garder tout le monde en vie pour voir ça. C'est la raison pour laquelle je préfère la compagnie des animaux, fussent-ils des buses qui se prennent pour ce qu'elles ne sont pas, chez les humains c'est souvent le contraire. Elles vivent leur vie et moi la mienne, sans parler, ça me va très bien.

Ouh… Claire frissonna. C'était ça le problème avec la solitude : ça avait le pouvoir de faire brutalement chuter les températures.

Elle tenta d'en deviner la raison, et envisagea d'en imputer la faute aux désillusions. C'étaient elles, qui en circulant dans nos artères devaient y déposer des particules de rêves brisés qui finissaient par les rendre opaques à capter la chaleur. Du calcaire de chimère en quelque sorte. Elle eut l'idée d'un jeu où chacun associerait ce qu'il ressent à une température. La température des sentiments, ça s'appellerait. Désormais disposée a y ranger le mot solitude au rayon des surgelés, elle se contenta de grignoter en silence la peau bien grillée de ces petites bestioles qui n'avaient pas dû courir bien loin avant que leur vie ne soit rattrapée par leur destin.

— On n'est vraiment pas grand-chose, dit-elle avec philosophie, en posant un minuscule pilon sur le rebord de son assiette.

La côte sauvage était déserte. Du haut de la dune, elles dominaient l'immensité de l'océan. L'air était doux, iodé, tonifiant. Les vagues venaient de loin. Des mouettes inspectaient le rivage en marchant, leurs ailes bien rangées se rejoignant avec une impression de mains dans le dos qui leur conférait une allure de garde-côtes effectuant un travail de routine.

À l'horizon, le phare de Cordouan se dressait comme la cible d'un jeu d'anneaux placée beaucoup trop loin, et de vieux blockhaus tagués de preuves d'amour s'affaissaient d'abandon dans le sable.

— Voilà. Y'a personne. On dirait que tout le monde est parti, décréta Claire avec ses réflexions d'enfant qui arrive toujours trop tard à un goûter. Les soldats, la flotte de Louis XIV, les amoureux, les baigneurs, les bâtisseurs de châteaux de sable…

Rose était moins élégiaque.

— Pas encore arrivé plutôt. C'est la période que je trouve la plus agréable, répondit-elle en ramassant un bout de bois qu'elle lança à ses chiens.

Le soleil commençait à être haut dans le ciel mais la chaleur était atténuée par la fraîcheur d'une brise marine.

— Alors c'est ça le secret du bonheur ? demanda Claire qui cherchait à faire le point sur ses intentions de confier à cette vie de bord de mer le pouvoir de lui redonner le goût de la légèreté, des situations ludiques.

— Je ne sais pas si c'est un secret. Je considère cela comme un privilège.

Rose se baissa pour recueillir un joli coquillage tout tordu qu'elle glissa dans sa poche, presque machinalement. Claire ne ratait rien de cette façon de profiter des moindres choses et de collectionner ces petits fragments de nature auxquels elle accordait, par de savantes mises en valeur, une place d'honneur.

Chez Rose, Claire avait observé les mobiles accrochés au vent ou dans la maison. C'étaient, pour la plupart, des morceaux de bois flotté d'où pendaient, par de rustiques ficelles de chanvre, des coquillages de taille et de forme variées, des fragments de bois aux curieuses découpes accidentées, de minuscules galets, ou des choses aussi insolites que celles avec lesquelles les oiseaux font leurs nids. Claire se dit que Rose était une femme « naturelle ».

Elle la regarda marcher pieds nus le long de la plage, toujours prête à cueillir quelque chose, fût-ce une émotion ou un probable sentiment de bien-être lorsqu'elle se tenait face à l'océan, les yeux fermés et les bras légèrement écartés.

En un instant, Claire se dévêtit et courut nue jusqu'à la mer. Elle leva un peu exagérément les pieds en y entrant surprise par la fraîcheur de l'eau, plongea dans une vague, réapparut, et continua de courir péniblement vers le large en bravant la force contraire de l'océan et en lançant des « Ah ! Ah ! C'est gelé ! mais c'est trop bon ! » qui interrompirent Rose dans sa méditation et lui décochèrent un sourire approbateur. Rose aimait les gens capables de ces choses-là. Elle l'aurait bien imitée, ne se sentait pas assez en confiance et, surtout, avait perdu l'habitude de partager.

Elle observa la manière rapide avec laquelle Claire se rhabilla, sans les habituels chichis. Elle était resplendissante.

— Vous avez perdu votre couleur verte, lui dit-elle avec une impression de compliment.

— Merci, répondit Claire souriante, en secouant ses cheveux vers l'arrière, ça fait toujours plaisir de savoir qu'on a été verte. En tout cas c'est vraiment trop bon, poursuivit-elle, ravie de cette improvisation. Ça vaut tout, un bain comme ça !

Elle fixait la mer en dodelinant de la tête, l'air d'insinuer qu'elle ne voyait pas ce qu'il pouvait y avoir de supérieur. Elle se tourna vers Rose.

— Alors ? Après ce serait quoi la suite de votre journée ?

Rose faisait des courbes dans le sable avec son orteil pour se donner le temps de mesurer depuis quand cette question ne lui avait pas été posée.

Elle avait récemment remarqué que lorsqu'elle recevait l'une ou l'autre de ses amies, c'étaient elles, en général, qui racontaient leurs soucis. Un peu plus jeunes que Rose, elles n'en avaient pas pour autant des vies plus occupées que la sienne, mais c'étaient des vies plus sociales, avec de vrais emplois, des collègues de travail, des dîners de copines et ce qui s'ensuit de maladresses vexantes. C'était au bout d'une heure, après plusieurs cigarettes, deux verres de vin ou des cafés, trois appels reçus sur un portable, quelques énervements et des retours au calme entrecoupés de j'en étais où ? qu'on finissait parfois par lui demander en ramassant ses clés : Et toi ? Ta journée ? Parce que les histoires de crottins ou les pannes de tracteur relèvent évidemment d'un intérêt qui peut attendre.

Alors aujourd'hui, face à Claire, elle fut tentée de montrer un aspect plus séduisant de son existence. Celui qu'habituellement, elle gardait pour elle-même.

— Eh bien en fonction de l'heure, ça peut être de boire un petit rhum arrangé à la Palmyre en fumant une cigarette et en regardant les voiliers rentrer au port ou…

— Ça me va ! l'interrompit Claire, prête à tout pour un rhum-litchee dans une chaise en bambou devant la Baie d'Along.

— Ou bien je m'arrête au marché acheter du poisson, des crevettes ou du saucisson que je grignoterai à la maison avec un petit coup de Gardrat bien frais…

— Ça me va aussi !

Elle crut bon de tempérer un tel emballement :

— Mais il me faudra aussi nourrir les chevaux, donner sa cagette de salades à Pomélo, nettoyer un enclos… Il m'arrive d'avoir une clôture à réparer, la toiture d'un hangar à balayer, l'aspirateur à passer dans la maison. Ma vie peut sembler attrayante comme ça de l'extérieur, mais il y a toujours une tonne de choses à faire ! Je ne prends pas, aussi souvent que je le voudrais, le temps de venir à la plage et de boire un verre à une terrasse. Si vous n'aviez pas insisté…

— Oh ! La mauvaise foi ! hurla Claire, ravie que Rose ait cependant accepté de l'emmener à la côte sauvage dans son camion.

Parce qu'elle s'était réveillée triste.

Elle était restée dans son lit, sans bouger, les yeux tournés vers les volets qui laissaient percer des lances de soleil dans la pièce. Dehors il faisait beau alors qu'elle était seule, chez une étrangère, dans une région qui, elle aussi, prenait ses distances d'avec son passé, c'était vraiment pas gai, la philo, quand ça vous prenait à la gorge dès le réveil.

Elle avait tenté de relier les points de soleil dessinés sur le sol et les murs par les trous des volets, comme on rejoint au crayon, dans ces jeux pour enfants, les lettres de l'alphabet ou les chiffres, disposés de la sorte qu'on obtient un dessin, un animal souvent, dont l'œil ou l'extrémité poilue de la queue guettent depuis le début la discipline avec laquelle on s'emploie à lui donner un corps. Elle se souvenait qu'en général, elle tombait sur une girafe.

Elle avait tracé une étoile, puis une poêle à frire, un revolver, et quand elle avait été sur le point d'envisager un cœur, le jeu s'était effacé. Un nuage sans doute.

Déçue, elle s'était obligée à se lever et à ouvrir les volets.

Elle avait regardé les champs de blé étalés au travers des grandes palmes vertes des bananiers et avait trouvé que c'était « un paysage dépaysant ». Elle avait répété ces mots en faisant claquer ses doigts en l'air et en se déhanchant comme une gitane et entre « un paysage » et « dépaysant », elle faisait tap tap sur le sol avec ses talons. Puis en entendant le bruit d'une mobylette au loin, elle avait fermé les yeux et s'était revue roulant avec Isabelle sur de vieilles Peugeot beiges à sacoches ou sur des Chapy rouges loués pour la semaine. Elles devaient hurler pour se faire entendre par-dessus les moteurs. C'était bien.

Elle s'était forcée à penser qu'elle allait passer une bonne journée, qu'il fallait qu'elle se détende et qu'elle prenne le temps de respirer comme elle le faisait à cette époque, sans y penser.

Mais l'idée qu'elle allait devoir gérer son temps toute seule, dès le premier jour, lui était de nouveau tombée dessus avec angoisse face au plateau individuel de petit-déjeuner qui l'attendait sur la table de la cuisine. Dieu sait pourtant qu'elle en avait rêvé, de cet instant de paix dès le matin ! Mais maintenant qu'il était là, elle le trouvait brutal. Elle était retournée chercher son portable dans sa chambre mais il n'avait indiqué que l'heure, malgré tout l'enthousiasme dont il avait fait preuve en s'illuminant à la seule idée de pouvoir la combler.

Et puis Rose était arrivée, avec sa dégaine à s'accommoder de tout. Elle avait posé sa fourche à l'entrée de la maison, puis après s'être lavé les mains lui avait servi un jus d'oranges pressées, un thé fumant et des toasts grillés qu'elle l'avait laissée libre d'agrémenter d'une confiture de prunes maison qui s'était avérée d'une délicieuse acidité.

Claire avait pris le temps d'apprécier cette manière de vivre. Elle avait regardé Rose se balancer en pantalon et bottes de cheval dans le rocking-chair à l'ombre de la glycine, sa tasse de thé à la main, et l'avait trouvée à la fois belle et rassurante. En tout cas c'était aux modèles, qu'elle prêtait l'art de boire en mouvement sans renverser une goutte.

— Ah non là vraiment Rose, vous me faites de la peine si vous me dites que vous vous êtes sentie obligée, reprit-elle. Je vous ai confié que j'avais le cafard en me réveillant et que pour me changer les idées j'aurais adoré aller à la côte dans une voiture aussi mortelle que la vôtre et…. vous m'avez regardée avec un sourire complètement ébahi en disant que si elle était mortelle on y allait tout de suite. J'ai rien compris ! J'ai même pas eu le temps de me brosser les dents ni de mettre mon maillot !

Rose riait, un peu embarrassée. Oui, c'est vrai, elle avait agi comme ça, qu'est-ce qui lui avait pris ? Rien. Ou plutôt si. L'envie de se prêter à la désinvolture avec laquelle cette jeune femme s'exprimait.

Elle avait l'heureuse impression que cette personne qu'elle connaissait à peine balayait son cimetière.

Elle était fraîche, vivante, et courageuse même si elle avait peur. Rose se revoyait, plus ou moins à son âge, aux prises avec cette incertaine détermination à vouloir quitter Paris. Elle estimait cependant avoir effectué cette démarche à une époque où les choses étaient plus faciles, et pour rejoindre Manuel. C'était très différent. Seule, elle n'aurait peut-être jamais osé.

C'était d'ailleurs un calcul qui avait toujours inquiété Manuel : déterminer dans quelle proportion le fait qu'il vive ici avait influencé le choix qu'elle avait fait de lui. Car Rose ne lui avait jamais caché le gros atout que cela avait été pour sa candidature. Elle ne voyait pas le mal qu'il y avait à cela, à associer un homme à sa vie de bord de mer comme d'autres s'inquiètent des origines de sa famille, de sa religion, de son métier ou de son compte en banque. Et Manuel à chaque fois s'était fait la même réflexion à plusieurs années d'écart : il oubliait une réponse qui lui était pourtant si favorable. Parce qu'en l'épousant lui, elle avait également épousé sa vie.

— Vous savez ce que je vous propose ? déclara Claire. De s'envoyer tout le programme. Le rhum arrangé… le marché… Vous m'avez donné faim en plus avec votre saucisson ! et pour le reste je vous aiderai.

Rose la regardait avec une sorte d'indulgence amusée, et pendant ce temps, elle réfléchissait. Bien que tentée d'accepter tout simplement parce que c'était son programme et qu'elle avait donc forcément plaisir à l'exécuter, elle fut un peu apeurée tout à coup de cette impression de main qui cherchait la sienne. Pas forcément sous la table. Pire. En toute innocence. Un soutien.

— C'est peut-être seule que vous devriez envisager de faire ça si vous voulez y arriver.

Claire prit un air contrarié. En temps normal elle n'aurait rien ajouté et se serait probablement contentée de bouder jusqu'à la voiture, mais elle paraissait en avoir fini avec le temps normal.

Elle considéra Rose avec une gentillesse dont elle n'avait pas l'habitude.

— Allez… détendez-vous, qu'est-ce qui va pas ? Puisque je vous aiderai à faire le travail, où est le problème ? C'est moi qui vous ennuie ?

Rose protégeait tellement sa solitude pour qu'il ne lui arrive plus rien, qu'elle était toujours victime d'un réflexe de distance. C'était une attitude discutable et un peu simplette elle en convenait, mais qui sur elle faisait ses preuves.

Si elle devait se forcer à lui répondre elle lui dirait que non, que ce n'était pas elle qui l'ennuyait mais plutôt ses questions. Que plus elle en posait, plus Rose s'apercevait que personne autour d'elle ne s'était réellement soucié ou rendu compte de son progressif isolement. C'était comme si on l'avait laissée partir. Elle était devenue quelqu'un de sauvage et de solitaire, un être ombrageux qu'on ne s'avisait plus de contrarier de la manière spontanée avec laquelle la jeune femme s'y employait.

Rose avait déjà pensé que sans argent, elle ferait sans doute partie de ces vieilles qu'on considère à moitié folles parce qu'elles vivent toutes seules dans une roulotte au bout d'un chemin perdu, entourées d'une dizaine de clébards aussi dépités qu'elles et qui vous aboient dessus quand vous passez dans le coin à bicyclette. Mais une de ces vieilles aussi, qui quelle que soit la saison ne rate pas une seule occasion de tirer sa chaise au soleil pour profiter les yeux fermés de la chaleur, du chant des oiseaux et du murmure du vent dans les peupliers sans manquer de sourire à ce qu'elle a pu rater.

La musique jamaïquaine qui s'échappait du Golfy s'entendait depuis le parking du port sur lequel Rose gara son véhicule à l'ombre d'un grand pin parasol pour y laisser ses chiens qui, malgré la bouteille d'eau entière qu'ils s'étaient enfilée, tiraient encore la langue d'avoir tant couru sur la plage. Clyde prit l'air désespéré. Il la suivait partout.

La saison commençait à peine, les serveurs de ces lieux de villégiature étaient, pour quelques jours encore, pleins d'énergie.

Ils avaient pour la plupart passé l'hiver à Saint-Barth ou en Thaïlande, avaient dépensé toutes leurs économies de la saison dernière et se trouvaient prêts à se refaire une santé financière, sourire aux lèvres, tatouage maori à l'épaule ou à la cheville et bracelets exotiques à toutes les jointures.

Elles commandèrent un rhum-melon et un maracuja.

— Merci d'avoir accepté de m'emmener et de me faire voir un peu de votre façon de vivre dans la région.

Claire tendit son petit verre.

— La région vous la connaissiez.

Elle trinqua.

— Oui, mais pas comme ça. En touriste c'est différent.

— Parce que vous envisagez sérieusement de vous installer ici ? demanda Rose en s'enfonçant dans un joli fauteuil fait d'un solide bois rouge provenant de forêts lointaines dont l'abattement intempestif ne tarderait pas à asphyxier la planète entière et Rose le déplorait.

Claire souriait, en frottant d'une main nonchalante le sable qu'elle avait sur les pieds. Elle appréciait que Rose se souvienne des propos qu'elle avait tenus la veille en l'aidant à ranger la vaisselle et auxquels elle était persuadée qu'elle n'avait prêté qu'une oreille distraite.

— Pourquoi, ça vous paraît débile ?

— Difficile.

— Rilke dit qu'une chose soit difficile doit être une raison de plus de nous y tenir.

Rose connaissait cette lettre au jeune poète, et également cette phrase par cœur. Lorsqu'elle avait décidé de garder sa maison, elle l'avait recherchée dans le petit livre à la couverture jaune et fanée à force d'avoir traîné, d'avoir été lu et prêté.

Elle n'avait pas eu de mal à la retrouver. Elle était de celles qui étaient soulignées. À l'adolescence, elle notait dans les livres.

— Oui, bof… souffla Rose, les choses difficiles…

Elle se montra plutôt décourageante tout en se demandant pourquoi, c'est fou comme à présent le changement la paniquait.

Claire fronçait les sourcils. Elle avait ramené contre elle ses genoux qu'elle tenait serrés, ayant posé ses talons sur la toile du fauteuil en bois exotique dont elle examinait la petite plaque dorée qui signifiait l'appartenance de l'arbre à une forêt d'État.

La leçon qu'elle avait retenue, elle, de l'écologie, c'était que désormais il fallait agir vite.

— Je vous trouve quand même pas très bien placée pour me dire ça après ce que vous avez fait ! – Rose se redressa, contrariée de cette allusion à sa vie personnelle qu'elle n'avait évoquée qu'au travers d'évasives réponses, mais néanmoins sensible à cette écoute. – Ben reprendre votre ranch, les chevaux… Vous mettre tout ça sur le dos toute seule !

— Je ne l'ai pas fait parce que c'était difficile. Je l'ai fait parce que je n'avais pas le choix. Affectivement, s'empressa-t-elle d'ajouter pour esquiver le probable « on a toujours le choix » régulièrement sorti comme une carte qui fait le pli sur celle qu'on vient d'abattre.

Elles se mirent à commenter les propos du poète, chacune selon son âge et la somme de rêves qui lui restait, mais Rose ne put que reconnaître la satisfaction que laissaient les projets difficiles menés à bien.

— On doit en sortir grandi ! décréta Claire comme si elle parlait d'effets secondaires qu'elle n'avait jamais ressentis.

Rose fut tentée de se moquer d'elle.

— Parce que votre souci c'est de grandir ?

Claire commença par éclater de rire.

— Moi ? je suis comme les chats ! Je pourrais jouer pendant une heure à persécuter une cacahuète derrière un rideau ou me cacher dans le panier des courses pour faire peur à celui qui le rangera ! Je n'aime que ça, jouer. Profiter de n'importe quoi quitte à tout renverser. Je trouve qu'il faut rendre la vie drôle sinon c'est pas la peine.

Puis elle envoya valser du bout du pied un coquillage abandonné, et ses yeux s'embuèrent d'un coup…

— Mais je sors d'un jeu qui m'a cassée, reprit-elle. Qui m'a… je sais pas comment dire, éloignée de moi. – Elle regarda toute une famille traverser la rue. – J'ai l'impression d'être devenue une enfant qui déteste les enfants. – Elle se tourna vers Rose : Mais c'est pas possible. Si ?

Rose en profita pour se demander si elle-même n'était pas devenue une adulte qui détestait les adultes, et se contenta de hausser les épaules avec un air perplexe, à l'intention d'elles deux probablement.

— Et puis je ne pensais pas que François ne m'appellerait pas. Pas à ce point. Je crois que j'ai besoin de temps. Pour déterminer si le plus difficile c'est de vieillir ou de rester jeune justement. Il faudrait que je me pose un peu quelque part, ajouta-t-elle en cherchant le regard de Rose. Vous savez quoi ? Je viens d'avoir une idée.

Nicolas Aimé arpentait depuis trois jours les rues au quadrillage régulier du centre de Rochefort, de Rochefort-sur-Mer, avec l'impression de tracer des lignes dans une direction puis dans l'autre autour de la place Colbert. Il dessinait une sorte de tamis géant au sein duquel une seule personne devait apparaître. Il avait commencé par se rendre la veille et l'avant-veille dans les services administratifs de la ville, puis s'était remis à son enquête.

Il vérifiait que la gazette dans laquelle dormait son annonce telle une princesse évanouie se trouvait bien dans tous les commerces, les postes, les bars, les boîtes aux lettres, la queue des cinémas.

Il s'était procuré un plan de la ville qu'une jeune femme souriante derrière un comptoir lui avait remis en précisant : Si vous visitez Rochefort, ne ratez pas la maison de Pierre Loti ! Il s'était retourné, prêt à s'en aller puis s'était arrêté, la porte entrouverte et la main sur la poignée pour lui lancer : C'est ma propre maison que j'aimerais visiter. Et même avec un plan personne ne sait où elle est. Laissant la jeune femme interdite, amputée de rendre service jusqu'à la fin de l'année.

Il repérait les noms. La Fayette, de Gaulle, Cochon Duvivier et Victor Hugo allaient dans le même sens. Thiers, Pierre Loti, la République et Jaurès les croisaient.

Pourquoi pas, en conclut-il, ses maigres connaissances d'histoire et de littérature ne lui permettant pas d'en tirer autre chose qu'une simple constatation. Il nota tout de même que la seule rue qui n'était pas droite comme un i s'appelait Émile Zola. Elle était selon lui, tordue. Les autres étaient si droites, si militaires.

Nicolas se demanda pourquoi c'était à la seule rue tordue du centre ville qu'on avait donné le nom d'un orphelin. Parce que ça, bien entendu, il l'avait retenu.

Il traversa le Jardin de la Marine, longea les longs bâtiments de la Corderie Royale en marchant sur de gros pavés aux cinq siècles d'histoire. Les enfants d'une école attendaient en file de pouvoir visiter le chantier de la nouvelle *Hermione*, la frégate avec laquelle La Fayette avait atteint l'Amérique, qu'on refaisait à l'identique malgré le peu de moyens et de volontaires, c'était écrit sur la pancarte censée donner au visiteur l'envie de participer et d'admirer la ténacité de l'homme à vouloir recréer l'histoire.

Qu'est-ce qu'on en a à foutre de l'*Hermione* ? pensa Nicolas, jaloux d'un passé qui semblait passionner tout le monde. Il y avait des articles de journaux, des discours d'hommes politiques découpés, plastifiés, des photos gondolées d'inconnus aux gestes déterminés, alors que lui, on le laissait se débrouiller tout seul avec le sien.

Il descendit la pente bordée de tulipiers de Virginie et s'arrêta au jardin des Retours. Il s'assit sur un banc et contempla la grise mine de la Charente. C'est joli, pensa-t-il, d'avoir donné ce nom à ces berges aménagées de pelouses et plantées de palmiers exotiques, témoins végétaux du voyage.

La marée montait comme une mère qui revient à heure fixe, décalant chaque jour son arrivée avec une précision scientifique dans le but, croyait-il, d'essayer toutes les tranches horaires pour tenter de retrouver quelqu'un qui aurait guetté sa venue.

Le fleuve témoignait dans son courant du mépris des hommes, de leur indifférence, promenant à une douce cadence une bouteille d'huile en plastique, un bidon de tôle rouillé et une chaussure qui lui rappela l'une de ses escapades.

Il imaginait les bateaux qui avaient été amarrés à ces anciens plots, usés d'avoir été serrés et étouffés par les tours donnés aux bouts de chanvre étroitement tissés dans la Corderie du roi. Combien de marins s'étaient jetés dans des bras inutilement tendus vers le large pendant des mois en espérant ce jour où ils se refermeraient sur eux, comme sur ce qu'on a de plus précieux, un mari, un fils, qu'on voudrait ce court instant ne plus jamais lâcher.

Oui, c'est ici qu'il fallait qu'il l'attende, sa gazette à la main en signe de reconnaissance pour personnes qui ne se connaissent pas. Il devait s'en procurer une au lieu de laisser à cet exemplaire la chance d'être trouvé par sa mère.

Il inspecta la berge des deux côtés. Sur la droite à quelques mètres de lui, des enfants dont il entendait les cris s'amusaient. Sans doute lâchés après la visite de l'*Hermione*, ils dirigeaient des navires debout sur des bancs et faisaient route vers l'Amérique en attendant l'heure de la cantine.

De l'autre côté, deux jeunes femmes en survêtement couraient côte à côte. Il ignorait de quoi elles parlaient en calant leurs foulées, mais en passant devant lui il entendit celle de gauche décréter : oui, mais y'en a marre quand même, j'suis pas sa mère ! Il se trouva stupide d'avoir cette réaction mais il baissa les yeux comme si elle parlait de lui.

Le visage de Sylvia apparut à son esprit. Elle n'était pas sa mère non plus, mais elle avait eu la délicatesse de s'en excuser le jour où elle lui en avait fait la remarque. Pardon, avait-elle dit, soucieuse à cette époque de ne pas le blesser. À cet instant que faisait-elle ? Murmurait-elle, cachée sous son bureau, des mots d'amour dans son portable ? L'idée lui faisait mal, mais pas autant que lorsqu'il y pensait à la tombée de la nuit. Là oui, c'était insupportable. De la savoir reprise par d'anciens bras.

La démarche de retrouver sa mère, il n'avait jamais pensé la faire sans elle. Il avait cru la partager. Pour avoir quelque chose à raconter. À « leur » bébé.

Une dame âgée promenait un teckel dont l'allure et les yeux vifs prouvaient le jeune âge. Il était peu probable que ce fût son premier chien et Nicolas, admiratif, lui sourit. La vieille dame détourna le regard, pas méchamment, mais avec la prudence qui convient à la situation.

Il fut tenté de lui adresser la parole. Seul il n'arrivait à rien, peut-être devrait-il oser interroger des passants. Pas n'importe lesquels, mais cette dame par exemple, qui avait l'âge d'avoir connu l'époque où il était né, l'âge d'être sa mère. Elle aurait peut-être eu dans les trente ans à l'époque, ce qu'il considérait comme un âge avancé pour se trouver dans l'obligation d'abandonner un enfant, mais hippie, et défoncée à l'herbe toute la journée, elle avait très bien pu faire l'amour avec un tas de types différents en écoutant les Doors et accoucher sous X en souhaitant que ce soit un produit plus fort que l'ecstasy.

Considérer que Rochefort était une ville de province trop austère pour y envisager de telles élucubrations était un argument sans valeur car Rochefort en ce temps-là avait troqué son falzar de costume militaire pour un look plus Courrèges : la place Colbert avait été transformée en un damier géant noir et blanc, et le célèbre pont Transbordeur, qui soulevait son immense passerelle métallique vers le ciel pour laisser passer les bateaux, s'était retrouvé peint en rose.

Il échafauda les questions par lesquelles il devrait commencer tout en la regardant s'éloigner, son petit chien l'entraînant vers de nouvelles découvertes olfactives, qu'elle semblait parfois juger d'un coup de laisse, de mauvais goût.

Il se leva, fit quelques pas les mains dans les poches. Il avança jusqu'à un buste en pierre, imagina en remplacer à la fois le visage et le texte. Nicolas Aimé. 1969-2008. Pupille de la Nation. Guette sa mère, une gazette à la main, au Jardin des Retours.

Le petit chien revint vers lui en courant, sa laisse le suivant avec personne au bout, comme une ficelle dont le ballon s'est envolé dans le ciel.

— Ramsès ! criait sa maîtresse qui pressait le pas du mieux qu'elle pouvait en agitant les bras.

Nicolas en fut attendri. Dès que le chien fut à sa portée il plaqua un pied sur la laisse, imposant au chien un coup de frein sec qui le fit rouler à terre. Celui-ci se releva, visiblement sans rancune pour cette interception. Désolé, Pharaon, lui murmura-t-il en attrapant la poignée, mais je crois que ça ne plaît pas à Cléopâtre. Le petit chien remuait la queue et se mit à lui sauter le long de la jambe, prêt à changer de parent au gré du vent. C'est ça que j'aurais dû être, pensa Nicolas en le ramenant vers sa propriétaire : chien.

— Ramsès ! lui asséna-t-elle une nouvelle fois comme si avec un nom pareil on n'avait pas le droit de faire l'andouille.

Nicolas lui tendit la laisse.

— Oh merci, monsieur ! répondit-elle à bout de souffle. Attendez, je vais m'asseoir.

Et elle prit place sur le banc qu'il occupait précédemment.

— À chaque fois je me dis que c'est mon dernier chien et que c'est pas raisonnable d'en reprendre un et puis je peux pas m'en empêcher. Vous avez un chien, monsieur ?

— Non. Non, je n'ai pas de chien, ajouta-t-il pour paraître moins sec et renoncer à dire qu'il n'avait rien.

— Ah ben c'est pas plus mal.

Il restait planté devant elle, indécis, tentant d'envisager s'il se pourrait vraiment qu'elle fût sa mère, cette vieille dame indulgente, prête à renoncer à son point de vue pour ne pas le blesser, et qui aurait compensé, sa vie durant, l'abandon de son fils par une succession d'adoptions qui lui donnait l'amour dont elle s'était privée.

Il avait un peu de mal à l'imaginer les cheveux longs, dans une courte robe à franges, une grosse marguerite plantée derrière l'oreille, mais quarante ans, pensa-t-il, ça peut changer quelqu'un.

Elle le trouva étrange de la dévisager de cette manière avec cet air béat, mais pas méchant, plutôt simplet, même si son physique correspondait davantage à celui d'un dur dans les séries télévisées qu'elle regardait.

— Bon ben on va y aller, Ramsès. Elle fit mine de se lever mais Ramsès, vautré, la langue pendante, semblait en avoir décidé autrement.

— Vous connaissez Nicolas Aimé ? lança-t-il soudain avant qu'elle ne se décide à partir.

132

La vieille dame s'appuya d'un coup contre le dossier du banc. Il se demanda si c'était d'émotion.

— C'est pas un gars de la télé ? dit-elle les sourcils froncés comme si elle jouait à Qui veut gagner des millions ?

Il leva les yeux vers les palmes des arbres dont un souffle de vent avait provoqué l'effet d'un discret applaudissement.

— Non. Non, lui c'est personne. C'est rien. C'est pas grave.

— Mais allons qu'est-ce que vous dites ! lança-t-elle en prenant la défense d'un fils qu'elle ne connaissait pas, on est toujours quelque chose ! Il a bien un métier ! ajouta-t-elle comme une référence qu'il jugea d'un autre temps.

Cependant elle disait vrai. Un métier, c'est tout ce qu'il avait. Et encore, c'était un métier flou, comme ses origines, comme tout.

— Il est homme à tout faire, répondit-il, les yeux baissés.

— Qu'est-ce que c'est que ça homme à tout faire ? reprit-elle en détachant son dos du banc. Ça veut dire qu'il fait le jardin, la cuisine, la maçonnerie… c'est pas plutôt un boulot de mari ça ?

— C'est dans le bâtiment. Homme à tout faire dans le bâtiment.

— Ah dans le bâtiment, répéta-t-elle visiblement déçue par le manque d'exotisme. Et pourquoi vous le cherchez ? À moins que ce ne soit vous, ça se fait beaucoup dans ce pays de parler de soi à la troisième personne. La première fois que le boucher m'a demandé droit dans les yeux qu'est-ce qu'elle veut ? Je me suis retournée, mais comme il n'y avait que moi dans le magasin, j'ai fini par comprendre que elle, c'était bien moi. Normalement en France, dans une boutique on vous vouvoie, ou on se tutoie si on se connaît.

Nicolas l'écoutait, debout face à elle comme l'enfant attentif qu'il n'avait jamais été.

— En Amérique c'est différent, ils ont tout rassemblé. Vous, tu, oust dans le même panier, ça fait you. Ça, commenta-t-elle, je trouve ça pas mal. C'est plus simple. Et alors en Charente, pas de vous, de you, de tu, c'est elle. Alors vous discutez avec quelqu'un qui vous demande par exemple : Comment elle va ? Mais c'est à vous qu'il s'adresse.

Maîtresse d'école, pensa-t-il, c'est ça qu'elle avait dû être. Mais si c'était pour être maîtresse d'école et s'occuper des autres, pourquoi l'avait-elle abandonné ?

— Je m'adresse à vous : Alors qu'est-ce qu'il fait dans la vie ?

— Il est homme à tout faire, répliqua-t-il, pris de court mais plein de bonne volonté.

— Ah ! Vous voyez que vous parlez de vous ! Nicolas Chose, Amour, c'est vous, c'est ce que je disais, vous parlez de vous à la troisième personne.

Il tentait de comprendre son erreur.

— Vous savez d'où ça vient ? C'est un truc de complexés qui ne savent pas s'ils doivent utiliser le vous ou le tu.

— C'est pas bête, répondit Nicolas en espérant faire une bonne réponse.

— Non. C'est idiot. Faut être courageux dans la vie, déclara-t-elle comme une sentence en se levant.

Alors il l'eut, le courage de lui demander, une nouvelle fois, pour Nicolas Aimé, en précisant qu'il s'agissait bien de lui, qu'il était la première et la troisième personne réunies, peut-être même le Saint-Esprit, et qu'il cherchait sa mère.

En l'écoutant la vieille dame se mit à serrer par à-coups la poignée de la laisse qu'elle maintenait des deux mains, comme pour s'assurer qu'elle ne lui échapperait pas, en tout cas pas maintenant, ou bien à cause d'un tic nerveux qui venait de s'emparer d'elle ou qu'il n'avait pas remarqué précédemment. Elle lui répondit assez sèchement qu'elle n'habitait Rochefort que depuis vingt-cinq ans et que « comme ça » ce nom ne lui disait rien.

Il trouva donc curieux qu'elle ajoute en s'éloignant qu'elle allait se renseigner, sans autre forme de convenance entre eux, mais peut-être n'était-ce aussi qu'un mot pour s'en débarrasser.

On n'apprend pas du tout ces choses-là à l'école, pensa Claire qui tentait de différencier le foin de la paille, comme le lui avait montré Rose la veille. Ah oui, le foin était de l'herbe séchée donc ça devait plutôt être ce tas verdâtre dans lequel elle trouva même de l'ortie déshydratée et quelques tiges piquantes dont les chèvres raffolaient. Tandis que la paille était plus jaune et plus uniforme dans son contenu. Elle se félicitait d'avoir réussi à convaincre Rose de l'héberger quelque temps en échange d'un loyer modéré et de ses services. En dépit de sa réserve, c'était une femme dont elle admirait l'indépendance, et elle s'était imaginé que partager un peu de la vie laborieuse qui était la sienne lui permettrait à elle aussi de s'endurcir. Sans pour autant faire d'elle une adulte, c'est ce qui comptait. Or ici, il suffisait de regarder le cadre pour comprendre qu'on était dans un livre. Claire tenta de se remémorer si dans *Martine à la ferme* il n'y avait pas des poules. Et des poussins aussi. Si, voilà, elle en était presque sûre à présent, il y avait des poussins, des mignons poussins jaunes. Elle en conclut que ce qui lui convenait par-dessus tout ici, c'est qu'il n'y avait pas de poules, donc pas de poussins ; rien de petit d'ailleurs, rien qui ne puisse se reproduire. Ça lui permettait d'y réfléchir.

Rose, de son côté, s'était trouvée complètement désemparée par la proposition de son hôte. Si l'idée de partager son quotidien pour une période indéterminée avait immédiatement suscité une réaction de recul ou de méfiance, l'étrange sympathie qu'elle ne pouvait s'empêcher de ressentir pour la jeune femme l'avait retenue de se montrer d'emblée trop négative. Elle avait seulement tenté d'avoir une vague notion de la durée envisagée, mais Claire lui avait rétorqué en riant : Je vous dis que j'ai besoin de temps et vous me répondez combien de temps vous avez besoin de temps ! On dirait du Devos ! Et elle n'avait pas osé insister en s'obligeant à laisser l'humour remplacer son inquiétude.

Elle s'était souvenue de son mal au dos, de sa récente crise de sciatique et de son médecin qui lui avait ordonné de se faire aider pour les tâches les plus lourdes. Mais comme Rose refusait d'avoir à demander de l'aide et qu'elle n'écoutait son corps que quand il la lâchait vraiment, elle n'avait rien changé à ses habitudes. Si elle avait soudain décidé de prêter gare à ces douleurs, c'est parce qu'elle avait été soulagée d'y trouver le prétexte raisonnable pour se laisser convaincre.

Allongée sur une chaise longue dans le jardin, elle feuilletait distraitement un magazine en surveillant son apprentie du coin de l'œil.

Claire, dans la grange, s'était mise à concasser de l'orge dans un antique appareil électrique dont la courroie était entraînée par une roue de Simca. En tournant, celle-ci actionnait deux grosses poulies qui aplatissaient la graine du végétal pour le rendre digeste. Le bruit produit était celui d'une vieille locomotive.

Elle en remplit les seaux avec une mesure adaptée à chaque cheval en suivant attentivement les quantités indiquées par Rose sur une ardoise. Elle ajouta les carottes coupées et les pommes, humidifia avec de l'eau, et dispersa sur le dessus quelques petits morceaux de pain sec dont les chevaux aimaient le croustillant. Seule la vieille Sandra avait une alimentation spéciale, une sorte de porridge appelé mash composé d'orge et d'avoine que Rose faisait cuire pendant des heures avec du sel de mer, et quotidiennement pour en éviter la fermentation.

Claire fut un peu inquiète lorsqu'elle dut faire pour la première fois la distribution seule sous le regard de Rose, et entre les manifestations d'intimidation des chevaux : oreilles en arrière, coups de pied sur le côté ou grattage impatient du sol façon corrida, elle renversa deux seaux dont ses clients ne lui tinrent pas rigueur en mangeant leur contenu à même le sol.

— Moins casse-pieds que des clients de restaurant ! lança-t-elle en se tournant vers Rose, dans l'espoir que sa blague atténue l'effet de sa maladresse.

— Il faut commencer par Roméo, lui rappela cette dernière, assise sur une des baignoires de pré qui servaient d'abreuvoir, c'est lui qui met le bazar. Vous l'occupez d'abord, après c'est plus simple. Pour l'emplacement des seaux c'était bien. Vous manquez d'assurance mais ça viendra. Je pense qu'il faudrait que vous montiez un peu à cheval pour dominer votre appréhension.

— Vous croyez ?

Claire se souvenait très bien que ce qu'elle préférait dans l'équitation c'est quand on descendait de cheval.

— Ça me paraît difficile de bien connaître les chevaux sans les monter. Au début vous prendrez Picsou, le poney. Il est gentil. Après vous essaierez Révolution et vous apprendrez à vous imposer.

Malgré l'inquiétude qui s'empara de Claire, ces derniers mots retentirent en elle comme un diagnostic. Elle regarda Rose avec confiance et sollicitude pour l'intérêt qu'elle lui portait. Elle courut s'interposer bras levés face à Roméo qui tentait de s'approcher de la nourriture de Sandra, et se mit à ramasser les seaux vides avec l'autorité d'un prof qui décide que c'est l'heure de relever les copies.

Elles étaient à présent en train de déjeuner sur la terrasse, de tout un tas de restes sortis du réfrigérateur. Rose écalait consciencieusement un œuf dur tandis que Claire agrémentait de feuilles de basilic des rondelles de tomates qu'elle avait disposées avec soin sur une assiette.

— Je peux vous demander quelque chose ? osa-t-elle tout à coup en versant un filet d'huile d'olive sur sa préparation.

Elle était depuis son arrivée intriguée par ce morceau de journal qui était glissé au coin du grand miroir au-dessus du buffet de la cuisine comme un faire-part de mariage ou un carton d'invitation qu'on ne veut pas oublier. Malgré le sentiment d'indiscrétion qui avait failli l'en empêcher, elle n'avait pas résisté à en parcourir le contenu, et s'était retrouvée face à une courte série d'annonces qui allaient du collectionneur de pièces de monnaie étrangères recherchant des modèles d'une période particulière, à une proposition de vente d'appareils ménagers en passant par une offre de location de séjour à la montagne. Sans suffisamment connaître Rose pour se permettre de lui attribuer avec certitude laquelle avait fait l'objet de sa curiosité, Claire supposa assez rapidement qu'il devait s'agir de l'annonce centrale. D'abord parce qu'elle était en plein milieu, ce qui lui avait épargné l'amputation de ses lignes comme en avaient été victimes ses voisines des colonnes latérales, et parce qu'il est vrai que son contenu avait quelque chose d'intrigant.

De ce fait, on ne voyait qu'elle.

L'annonce, la seule qui fut consignée sous l'intitulé « Communiqué. Message » disait ces mots : Tu m'as mis au monde le 12 avril 1969 à la maison maternelle de Rochefort-sur-Mer sous le nom de Nicolas Aimé. J'aimerais tant te retrouver. Écrire au journal… Références…

— Quoi donc ? fit Rose en harponnant d'un coup de fourchette une rondelle de tomate dans son assiette.

— Pourquoi vous gardez cette annonce sur la glace de la cuisine ?

— Ah oui ! dit Rose comme si elle venait de s'en souvenir. Je ne sais pas. Je la trouve touchante. Pas vous ?

— Si, si, elle est touchante… Mais bon, vous le connaissez ce gars-là ?

Rose buvait un grand verre d'eau, elle secouait la tête en signe de négation. Quel âge ça lui fait ? Claire lâcha ses couverts de chaque côté de son assiette comme les rames d'une barque qu'on laisse glisser seule au fil de l'eau et se mit a compter avec ses doigts. Il a presque quarante ans ! Il aurait peut-être dû tourner la page non ?

Rose s'était rabattue sur les chips. Un truc qui peut durer longtemps ça, les chips. Surtout quand on réfléchit.

— Il a envie de retrouver sa mère. Je ne sais pas s'il y a un âge pour ça.

Claire parut reconsidérer la question.

— C'est vrai, finit-elle par convenir, sans pour autant s'expliquer très bien pourquoi ce sujet la dérangeait.

Elle libéra son poing qu'elle avait retenu dans sa main, et tout en reprenant ses couverts considéra que Rose n'avait pas répondu à sa question.

Elle finit d'avaler ses tomates puis jeta dans son assiette un morceau de pain qu'elle se mit à promener énergiquement du bout de sa fourchette jusqu'à ce qu'il ait absorbé tout le jus rouge teinté d'huile qui restait. De la pointe de son couteau, elle ajouta au chargement de petits morceaux de basilic, et engouffra le tout dans sa bouche. Mais le doute s'était emparé d'elle de manière si violente, qu'elle dut boire un verre d'eau d'un trait pour ne pas s'étouffer en avalant.

Rose s'était levée pour lui taper dans le dos.

— Quelque chose ne passe pas ? demanda-t-elle avant d'aller se rasseoir.

Claire estimait la question énorme, mais finit par convenir que, pour ne pas mourir étranglée, elle devait la poser. Elle avait déjà remarqué que les Charentais avaient une façon de parler d'eux-mêmes à la troisième personne qui ne permettait pas aux précédents propos de Rose de l'innocenter totalement dans cette histoire. Lorsqu'elle disait « sa mère » c'était peut-être d'elle qu'il s'agissait.

— C'est vous ? demanda-t-elle d'un ton inquiet.

Rose regardait au loin.

— C'est vous, sa mère ? précisa Claire.

Le silence augmentait son embarras.

Elles avaient évoqué rapidement les grandes lignes de leurs existences, enfin Rose surtout, car son hôte s'en était tenue à ses préoccupations du présent, et pas une fois elle n'avait effleuré l'idée d'avoir pu abandonner un enfant. De toute évidence parce que c'était un sujet dont on ne parlait pas, en tout cas pas au début d'une rencontre. Mais si c'était le cas, pourquoi en affichait-elle la trace ?

Face à l'absence de réaction, elle s'imagina avoir propulsé Rose dans ses souvenirs.

Elle patienta encore un court instant composé d'éternelles secondes quand Rose finit par la stopper d'un bras tendu dans son intention de reformuler la question.

— Mais non ! Arrêtez ! Bien sûr que je ne suis pas sa mère ! Comment voulez-vous ?

— Pourquoi vous mettez autant de temps à me répondre alors ?

— Eh bien quand vous m'avez posé la question comme ça, sur un ton si théâtral, dit Rose en reculant sa chaise puis en croisant ses jambes tendues sur la chaise inoccupée à côté d'elle, j'ai tenté de me mettre à sa place.

— À la place de qui ? De sa mère ?

— Oui. J'essayais d'imaginer, si c'était mon fils, quel effet ça me ferait de lire une annonce pareille.

— Et alors ?

Claire trouvait tout de même curieux d'avoir ce genre d'idée, mais les jeux de rôle loufoques n'étaient pas pour lui déplaire.

— Ben rien. Comme ça, *a priori*, j'ai du mal à envisager que j'aurais pu abandonner un enfant, alors de là à me représenter recevant en plus une lettre de lui... trente-huit ou trente-neuf ans après... c'est encore plus absurde, mais vous vouliez à tout prix que je vous réponde alors j'ai arrêté ma réflexion pour vous tranquilliser : Non, je ne suis pas sa mère !

Claire ne put s'empêcher de sourire. Elle se sentit bête d'en éprouver autant de soulagement, mais au moins elle ne se retrouvait pas de nouveau exclue d'une histoire de filiation.

Apaisée, elle ne souhaitait pas se montrer davantage mauvaise joueuse avec un sujet qui l'avait sûrement desservie aux yeux de Rose. Elle se dit qu'en fin de compte, garder cette annonce quand on n'était pas concerné était plutôt cocasse, et fut tentée d'en savoir plus en lui faisant prendre la tournure d'un jeu d'enquête.

— Bon alors, dit-elle, comme si elle en ouvrait la boîte et donnait à chacune le pion qui lui revenait, c'est qui ce gars là ? et c'est qui sa mère ?

Elle éprouva le besoin de relire l'annonce.

— Je peux aller la chercher ? demanda-t-elle en attendant poliment assise la réponse.

Maintenant elle la relisait à voix haute, lentement, consciencieusement, en prenant soin de séparer les propositions comme des indices qui lui permettraient d'établir un premier portrait-robot de l'individu qui semblait tant charmer Rose par son mystère.

— Bien, se lança-t-elle. Tu m'as mis au monde, c'est marqué en gras, pour qu'on le voie bien ! Il attaque fort hein ? Elle leva les yeux au cas où Rose ferait oui de la tête. C'est pas un peu solennel ? Il aurait pu mettre… heu… je suis né, à la place.

Rose souriait, amusée par l'apparente contrariété de Claire envers cette annonce.

— Ça interpelle beaucoup plus : Tu m'as mis au monde. Au lieu d'utiliser le je, il s'adresse à sa mère et de manière familière en utilisant le tutoiement.

Ça commençait bien. Elle dévisagea Rose, puis reprit sa lecture.

— Bon ça on l'a dit, alors… le 12 avril 1969. Un Bélier en plus ! lança-t-elle, toute contente de pouvoir placer ses connaissances astrologiques. Curieux qu'il ait pas foncé plus tôt non ? C'est l'approche des quarante ans vous croyez ?

Rose avait posé ses coudes sur la table et souriait derrière ses mains.

— Je crois surtout qu'il veut lui indiquer le jour où ça s'est produit.

— À la maison maternelle de Rochefort-sur-Mer, ah ! c'est pas loin ! remarqua Claire pour se rattraper avec la géographie en cherchant Rose des yeux, y'a quoi d'ailleurs ? Trente ? Trente-cinq kilomètres ? Mais pourquoi il dit Rochefort-sur-Mer ? On dit pas Rochefort tout court ?

— Ah oui ! – Rose parut émerveillée. – C'est ça aussi que j'ai trouvé touchant ! Qu'il recherche sa mère dans une ville que plus personne n'appelle « sur mer ». Ça donne à cette quête un côté nostalgique je trouve, de vieil hôtel démoli sur la plage.

Claire regardait Rose, ahurie.

— Ah vous voyez ça comme ça vous ?

Elle reprit sa lecture.

— Alors ! sous le nom de Nicolas Aimé… – Elle regarda Rose en abaissant l'annonce sur ses genoux comme si à présent, elle calait sur le dossier. – Ça ? ça nous donne quoi ? Rien d'autre que son nom si ? Même si c'est un drôle de nom pour être abandonné…

147

— Oui, un peu lourd à porter, convint Rose. En fait je pense qu'Aimé était à l'origine son deuxième prénom. Sa mère a dû accoucher sous X, disparaître à sa naissance en lui laissant deux prénoms, et comme il n'a jamais été adopté, le second est devenu son nom de famille.

— Ah bon ? Sous X ? releva Claire, ravie d'avoir mis le doigt sur un mystère.

Elles commentèrent un moment l'absurdité de ce deuxième prénom, se mirent à en inventer les raisons, tombèrent d'accord sur une chose : c'était pas un cadeau de l'avoir appelé comme ça.

— Nicolas Aimé en plus, reprit Claire comme un double parfum de glaces très mal assorti.

Rose se tourna vers elle.

— Qu'est-ce que vous reprochez à ça ? Je trouve ça plutôt mignon moi, Nicolas Aimé.

Claire qui acceptait sa position de dominée dans cette conversation se tut. C'est Rose qui ajouta :

— Non… je ne sais pas pourquoi, je trouve sa démarche jolie.

— Et si sa mère est morte ? demanda Claire.

— Si sa mère est morte ? reprit Rose de nouveau enchantée par cette morbide imagination, mais qui n'avait pas envisagé cette hypothèse tout bonnement parce qu'elle ne s'était pas intéressée du tout au dénouement de l'histoire.

Le silence s'installa, laissant à chacune le loisir de méditer sur ce fatidique coup du sort qui s'était peut-être abattu en travers de la recherche de Nicolas Aimé comme un chêne centenaire impossible à soulever, puis Rose entra dans la maison et disparut quelques instants. Quand elle revint, elle avait une selle coincée sous chaque bras et une large ceinture qui lui maintenait les reins.

Nicolas s'était installé dans une brasserie du centre-ville. Il avait longuement hésité entre une table en terrasse et l'anonymat d'une place discrète à l'intérieur, et avait fini par choisir l'emplacement le plus stratégique pour observer les gens entrer et sortir, près de la caisse et de la pile de gazettes qui se trouvait au bout du comptoir.

Il venait de passer une sale matinée à interpeller des hommes et des femmes d'une soixantaine d'années pour tenter de leur faire dire, sa gazette ouverte à la bonne page, si cette annonce leur disait quelque chose. On lui avait dit non, on lui avait dit dégage, on l'avait pris pour un Roumain qui parlait pas français et qui cherchait un toit. Il s'était vraiment rendu compte qu'il y avait des gens qui vivaient des trucs pires que lui.

Il commanda un verre de sylvaner.

L'homme au blouson en jean et aux bottes de cow-boy, qui se tenait debout devant le comptoir, avait interrompu son tête-à-tête avec un bock de bière pour se plonger dans la lecture des annonces. Il tenait le journal grand ouvert au bout des bras, comme s'il se fut agi d'un sac dans lequel il tenterait de retrouver une épingle.

Nicolas inclina légèrement la tête. Au nombre de pages tournées dont il pouvait apercevoir la superposition désordonnée, il devina que l'homme était dans les pages véhicules. Cherchait-il une voiture, ou une moto pour l'été ? Une Harley-Davidson qu'il conduirait avec ce même écart des bras le long de la grande plage de Royan, des santiags posées sur des marchepieds chromés et le soleil couchant reflété dans les verres des Ray-Ban. Il n'avait en tout cas pas l'air de chercher sa mère.

L'endroit était bruyant. Un garçon de service lui dit monsieur sur un ton de question et il répondit une choucroute sur celui de la réponse.

Une fois la commande partie, il douta de son choix. Il n'avait pas si faim mais c'était le plat du jour et il en avait envie depuis qu'il avait vu dans un film récent un couple passer une excellente soirée à discuter devant deux assiettes fumantes de chou doré, sur lequel des saucisses de Francfort indolemment allongées attendaient d'être croquées.

La fille était jolie et menue comme une fille qui va prendre une salade, et Nicolas avait apprécié qu'elle se rabatte sur le choix de son partenaire. Il leur avait envié la complicité de ce moment heureux alors que lui-même n'avait accès qu'à la choucroute.

Il la considéra tout de même avec bonne humeur quand on la déposa offerte devant lui, et se mit à détailler du bout de sa fourchette les grains de genièvre comme on s'amuse à compter les grains de beauté après l'amour. Il lui manquait la fille. Mais à vrai dire aucune fille ne lui manquait vraiment. C'était toujours compliqué… Il n'était jamais le bon, mais aucune n'avait été la bonne non plus. Il déposa une pointe de moutarde forte sur son morceau de saucisse et recommanda un verre de sylvaner.

Même Sylvia. Mais il ne pouvait s'en prendre qu'à lui-même. Au fond c'est lui qui avait tout inventé. C'est lui qui s'était imposé, qui lui avait couru après. Il l'avait presque harcelée. Non pas parce que c'était la plus jolie ou la plus douce des filles qu'il ait connues, mais parce qu'il était convaincu qu'elle avait besoin de lui.

Il dut boire une grosse gorgée pour avaler sa bouchée.

Il n'avait pas voulu entendre qu'elle n'était pas prête pour une nouvelle histoire, elle était si belle quand elle était triste ou en colère, comment un homme avait-il pu la quitter ?

Il s'était placé en justicier, en réparateur de l'humanité, chargé de faire grossir à coups de bouquets de fleurs et d'invitations à dîner sa squelettique envie de vivre.

Il était si heureux quand il parvenait à la faire rire.

Elle avait fini par céder, par usure, par dépit, ou bien parce qu'elle aurait aimé y croire.

Il rebut une gorgée.

On n'occupe pas comme ça la place que laisse un abandon, pensa-t-il. Et pour la première fois, il s'inquiéta de la mère sur laquelle il pourrait tomber.

Une démarche dont le bruit de talons prouvait l'importance se frayait un passage dans le brouhaha.

— Albert ! Tu vas pouvoir y aller si tu veux ! Je vais finir les comptes ici.

À son allure de maîtresse femme, Nicolas se figura que c'était la patronne. Elle portait d'épais dossiers devant une poitrine généreuse, et était moulée dans un tailleur bleu marine bordé du même rouge que celui qu'elle portait aux lèvres et au bout de ses doigts.

Le déhanchement un peu provocant de sa démarche eut tendance à troubler Nicolas qui trouvait à cette femme d'une cinquantaine d'années, au décolleté bien étudié, une allure très sexy de mère qui baise encore bien.

Putain, se dit-il en mettant de la moutarde sur sa pomme de terre maintenant, si jamais c'était elle ma mère… sans très bien savoir quelle conclusion il en aurait tirée. Pour cela, il fallait déjà qu'il la vieillisse un peu, mais à mieux en juger, ça n'était pas si difficile que ça.

Zut, il venait de rater, perdu dans ses pensées, le petit sourire qu'elle lui avait adressé en s'installant près de lui, puisqu'il avait dû prendre la table la plus pratique pour elle.

Oui, on voyait bien qu'elle aimait les hommes et qu'elle en connaissait le maniement, pensa Nicolas en lui accordant un pardon de circonstance pour ce que de telles aspirations avaient pu engendrer comme embûches dans sa vie.

Il hésitait entre un dernier verre pour finir son assiette et un café, lorsqu'il entendit lancer tel le fouet qui claque sur un esclave assoupi :

— Roland ! vous remettrez la même chose au monsieur.

Et il se laissa faire, comme un enfant que ni le temps ni la rancune n'ont guéri de l'envie d'être pris dans les bras.

Il lui adressa un merci souriant en inclinant la tête, puis leva son verre dans sa direction, à sa santé, ou à ce qu'ils feraient après. Si elle continuait à l'aguicher de cette manière elle n'aurait pas de mal à le trouver, il se sentait d'humeur à incendier l'humanité.

Elle rappela sur un ton ferme à Albert qu'il pouvait s'en aller, et Nicolas vit un homme usé enfiler un veston par-dessus un tablier et partir en traînant des pieds.

Il déplora l'idée qu'il pût s'agir de son mari, puis octroya à la femme le droit d'avoir ses raisons. Si ça se trouve, elle se vengeait encore d'un crime qu'il l'avait obligée à commettre alors qu'elle était jeune et désarmée. Comme d'abandonner son enfant, par exemple.

Il s'obligea à penser dans l'amertume du vin d'Alsace que ce n'était pas forcément de lui qu'il s'agissait ni même de la bonne explication, et tout en commençant à prendre, les coudes sur la table et le menton sur les poings, des poses plus viriles, il laissa son imagination s'envoler dans le décolleté de la patronne dont les seins gonflaient au gré d'une respiration qui accélérait maintenant au même rythme que ses idées. Elle parut satisfaite de l'impressionnante érection qu'elle réussit à provoquer, et après un bref échange de regards et de sourires suggestifs elle lui indiqua d'un mouvement de tête une porte marquée « privé » derrière laquelle il avait déjà prévu, en s'y dirigeant avec un empressement qui manquait un peu de courtoisie, de la baiser direct.

Elle lui fit monter un petit escalier en colimaçon, puis l'entraîna dans une chambre sombre qui sentait la cuisine et le renfermé mais dont la

156

tristesse de l'éclairage, du papier peint et des voilages, n'aurait pas le pouvoir d'entamer son ardeur. Il ouvrit précipitamment la boutonnière de son corsage, arracha d'un geste vif son soutien-gorge et se mit à lui lécher et à lui malaxer les seins en la basculant sur le lit comme un gosse maladroit et pressé.

Malgré la tension extrême qu'il ressentait au bout de son sexe tendu comme un arc il accepta le préservatif du moment qu'elle le lui enfilait, puis il la posséda, s'enfonçant au plus loin d'elle, là où, peut-être, se trouvait la réponse.

— Eh ben dis donc, lui dit-elle essoufflée après qu'il l'eut une nouvelle fois retournée en s'agrippant à ses hanches comme à un comptoir, tu sors de prison ou quoi ?

Il était allongé sur le dos, la chemise entrouverte et le pantalon aux chevilles et regrettait l'époque où il fumait des joints. Il aurait bien fait durer ce moment hors du monde sans parler, juste en planant un peu, comme Jonathan le goéland au-dessus de l'océan. Il entendit la voix grave et chaude de Neil Diamond retentir de la même façon qu'il l'avait entendue, la première fois enfant au cinéma, et que le mot « Lost !… » s'était propagé avec profondeur dans tout le bleu du ciel et de la mer.

Il sourit.

— Oui, en quelque sorte.

— Eh ben ! Moi qui pensais prendre le temps de contempler le corps d'un bel homme… c'était plutôt une tornade ! dit-elle en se tournant vers lui l'air tout de même épanoui.

— Pardon, murmura-t-il sans détacher son regard du plafond ni enlever son bras de dessous sa tête.

Il lui était déjà arrivé en pareille circonstance de répondre : Je ne sais pas ce qui m'a pris, mais il s'était aperçu que c'était une réponse équivoque et qui n'apportait pas toujours le résultat escompté en matière de tranquillité. J'avais très envie de vous, ajouta-t-il donc.

— Très envie de moi… répéta-t-elle pour en savourer la teneur, en se refaisant une petite coquetterie dans les cheveux. Mais mon garçon, quand on te voit, on a du mal à imaginer que tu vas accepter de jouer dans l'arrière-cour !

Il se montra flatté, n'allait pas tarder à relever poliment l'allusion à son âge, mais savourait d'abord ce « mon garçon » que les femmes en âge d'être sa mère lui servaient comme on fait un bras d'honneur à la psychanalyse.

Il aimait ça. Il jouissait de ce rapport maternel injurieux et perdu dans lequel il ne savait que s'abandonner.

— Pourquoi vous dites dans l'arrière-cour ? demanda-t-il par prévenance plus que par curiosité.

— Tu vois très bien ce que je veux dire… Avec ta belle gueule tu dois les voir se tortiller devant toi dès l'âge de treize ans, alors rien ne t'oblige à te taper la grand-mère ! dit-elle en éclatant de rire et en tâchant de faire quelque chose avec son soutien-gorge.

Treize ans. C'est elle qui venait de le dire. L'idée ne paraissait pas l'effrayer. Elle l'avait expérimentée sans doute. Elle couchait à treize, accouchait à quatorze, plus trente-neuf… cinquante-trois. Si jamais elle avait cinquante-trois ans, ça pouvait très bien être elle.

Il lui demanda pourquoi elle disait ça, il avait l'air sincère, il ne voyait pas comment sans paraître grossier il pourrait évoquer son âge, et s'en voulut tout à coup d'avoir couché avec une femme d'environ quinze ans de plus que lui qui, dans cette ville, pouvait très bien être sa mère.

— Quel âge tu me donnes ? demanda-t-elle.

— Je sais pas. Il était maintenant obsédé par cette possibilité, cinquante-trois ?

— Cinquante-cinq ! lâcha-t-elle en se rajeunissant de quatre ans, avec une assurance malicieuse qu'elle semblait avoir retrouvée. Comment tu me trouves pour cinquante-cinq ans ? demanda-t-elle en se mettant à lui parcourir le corps de baisers langoureux et de subtils coups de langue pour qu'il ne bâcle pas sa réponse.

— Épatante, fit-il en fermant les yeux pour se donner le temps de calculer que, merde, ça ne prouvait rien, elle avait certainement dû continuer de coucher à quatorze, quinze et seize, accoucher à dix-sept, mais au point où elle en était de son corps, même si c'était sa mère, c'était trop tard.

Rose et Claire avaient passé une bonne heure à panser leurs chevaux. Elles avaient démêlé les crinières et les queues qui ondulaient à présent en mouvement avec la majesté d'épaisses chevelures bien coiffées.

— Vous voulez galoper ? proposa Rose sans se retourner, à Claire qui ne se débrouillait pas trop mal avec ses souvenirs de trot enlevé dont elle ne ratait qu'une mesure de temps en temps en rebondissant maladroitement dans la selle.

Le chemin de la forêt était à peine plus large qu'un cheval. Bordé d'une dense végétation d'arbustes, de ronces et de genêts qui s'étaient démultipliés sans contrôle, Claire constata, rassurée, qu'il rendait Roméo impossible à doubler.

Elle admirait la hauteur des chênes verts et l'impressionnante largeur de leurs troncs en s'imaginant sur une terre vierge, dans la jungle atlantique de l'Ouest français.

— J'appelle cet endroit Ushuaia, cria Rose. Vous ne trouvez pas que ça fait bout du monde ?

Elle n'eut pas le temps d'entendre la réponse et, forcée de sauter une branche morte sur le sol, laissa son cheval prendre le galop.

Elle se retourna afin de s'assurer qu'elle n'était pas la seule à avoir franchi l'obstacle et sourit de voir Claire brinquebalée sur sa selle, affichant l'expression touchante d'un bonheur inquiet.

— Mettez-vous debout sur vos étriers juste au-dessus de la selle, lui lança-t-elle en jetant parfois de rapides coups d'œil vers l'avenir que Roméo appréhendait à son gré. C'est ça, et ouvrez un peu vos mains. Le poney baissa la tête, heureux de pouvoir détendre un peu son encolure, il en profita pour lancer une petite ruade d'allégresse. Claire, au bord de passer par-dessus, s'agrippa à la crinière. Voilà ! ajouta Rose amusée par l'exploit, redressez-vous et laissez-le faire, on ne va pas tarder à reprendre.

Elles galopèrent encore deux ou trois minutes, abandonnées à une enivrante liberté. Au parfum de terre humide et de fleurs sauvages s'ajoutait la chaude odeur des chevaux et du cuir de leur harnachement, Claire ouvrait grand ses narines pour en faire le plein.

Elle tenta ensuite de mettre les conseils de Rose en pratique en se rasseyant doucement dans sa selle, puis elle rajusta ses rênes et se contenta d'apprécier que Picsou n'ait pas besoin de davantage de technique pour repasser au trot puis au pas, imitant Roméo dont il était contraint d'emprunter la cadence. Elle se mit alors à lui caresser l'encolure, longuement, comme le font les cavaliers inexpérimentés quand ils veulent témoigner à leur monture leur reconnaissance d'être toujours en vie, et se prévaloir d'un futur qui pourrait de nouveau les réunir.

Elles regagnèrent l'hacienda sur le bas-côté d'une petite route de campagne, Rose rênes longues et jambes pendantes hors de ses étriers, et Claire, d'une pose altière dans laquelle elle s'imaginait impressionner les quelques automobilistes qu'elles croisaient, du haut de son poney.

Elle en descendit avec beaucoup de légèreté, mettant ses observations en pratique au moins sur les étapes les plus faciles.

Elles brossèrent de nouveau les chevaux, vérifièrent l'état de leurs pieds puis Rose demanda à Claire de leur doucher les membres pendant qu'elle rangeait le matériel et installait les tapis de selle sur une rambarde au soleil pour qu'ils sèchent.

À présent assise sur la marche la plus basse de la terrasse en bois, Rose dans son vieux pantalon d'équitation en toile beige, sale et usé à l'intérieur des genoux, observait en roulant une cigarette la manière de faire de sa stagiaire.

— Remontez plutôt du bas vers le haut ! lança-t-elle, juste pour dire quelque chose, pensa Claire qui ne voyait pas comment une fois en haut du jarret du cheval elle allait pouvoir redescendre le jet sans avoir l'air de faire du haut en bas.

Elle chercha à faire diversion.

— Pourquoi vous lui écrivez pas au gars de l'annonce ? dit-elle, convaincue d'avoir trouvé le bon sujet.

— Oh c'est pas vrai que vous allez me reparler de ça ! déclara Rose, un énervement qui enchanta Claire qui riait en poursuivant son travail.

— Ben quoi ? Vous gardez son annonce…Vous lui dites que vous n'êtes pas sa mère, mais que… je sais pas moi, vous vous intéressez à lui !

— On se demande si c'est pas plutôt vous, qui vous intéressez à lui, répondit Rose qui ne s'attendait pas en tirant sur sa cigarette à ce que Claire, surprise par son propos, se tourne vers elle sans dissocier le jet. Elle fut si vite aspergée que la clope n'eut même pas le temps de fumer.

— Oh je suis désolée ! cria-t-elle confuse mais aussi prête à rire si l'occasion se présentait.

Rose s'était d'abord levée d'un bond par réaction, puis, après avoir retenu son envie première de lui sauter à la gorge, s'esclaffait de bon cœur en faisant mine de s'essorer du revers des deux mains. Elle avait les cheveux plaqués des deux côtés d'une raie, un détail qui chavira l'âme d'enfant de Claire. Elle s'en trouva accroupie par terre de rire, le jet toujours à la main dont l'eau courante à ses pieds augmentait son irrépressible envie de faire pipi.

— Je peux plus ! je peux plus ! criait-elle sans s'arrêter, mais à peine essayait-elle de se reprendre qu'elle croisait la vision de Rose qui, toute à son hilarité aussi, se foutait complètement d'avoir les cheveux plaqués.

Celle-ci se ressaisit malgré tout la première, et s'empara du tuyau qu'elle dirigea, avant de fermer le robinet, sur Claire qui s'éloignait en courant les deux mains affairées à ouvrir son pantalon.

— Aaaah, hurla-t-elle comme si elle venait de recevoir un tomahawk dans le dos à l'instant où l'eau froide se mit à lui couler entre les omoplates.

Puis elle disparut derrière un cabanon.

Maintenant les deux chevaux toujours attachés à la traverse en bois étaient à leur tour accroupis et urinaient abondamment, probablement gagnés par l'ambiance aquatique dans laquelle on les faisait patienter.

— Eh ben c'est le pompon ! lança Rose sur un ton enjoué en tâchant d'éviter de mettre un pied dans le liquide mousseux ou dans la terre boueuse. Elle détacha les longes, puis reconduisit, telle une grenouille d'un nénuphar à l'autre, les chevaux dans leur enclos.

Lorsqu'elle revint vers la maison, Claire au pied des escaliers se reculottait avec beaucoup de naturel.

— Excusez-moi encore pour tout à l'heure, je sais que vous n'aimez pas qu'on gaspille l'eau mais c'était plus fort que moi.

Elle nota que Rose avait remis sa pince et ses cheveux en arrière, et en fut soulagée. Celle-ci se rassit en bas de l'escalier, et Claire s'installa juste au-dessus.

— C'est pas grave, répondit-elle en maintenant d'un index son rail de tabac sur la feuille de papier à rouler. Je me demande depuis combien de temps j'avais pas ri comme ça !

— Aaah… ça me fait plaisir ce que vous dites ! releva Claire en lui donnant une franche tape de camaraderie sur l'épaule qui envoya valser tout le tabac.

Rose fut frappée d'immobilisme.

— Mince ! – Claire descendit précipitamment deux marches pour tenter de voir ce qu'elle pouvait récupérer mais le tabac s'était éparpillé dans la terre et la poussière. – Là je les accumule vraiment !

Elle avait repris place au-dessus de Rose et observait les chevaux et la campagne. Roméo s'était éloigné dans les hautes herbes du fond du pré. Il avait deux étourneaux posés sur son dos. Ça faisait Afrique.

Claire se demandait si c'était cet étrange sentiment de bonheur qui la rendait si gauche et n'osait plus bouger.

Après un moment de silence, elle décréta :

— Quand je pense à des trucs comme ça et que je les dis pas... j'ai l'impression de me masturber.

Ça tombait bien, Rose en était justement à lécher sa cigarette.

— Non mais vous êtes complètement frappée, ma pauvre fille, dit-elle sans s'affoler plus que ça, en aspirant une grosse bouffée et en secouant l'allumette pour éteindre le feu. – Elle gloussa en soufflant la fumée. – Ça s'appelle de la masturbation intellectuelle. Enfin... vous êtes derrière moi et je ne vois pas ce que vous faites, ajouta-t-elle avec ironie, mais je me fie à ce que vous me dites !

Claire éclata de rire.

— Non j'en suis pas à me caresser derrière vous, rassurez-vous ! Ça viendra peut-être, ajouta-t-elle pour insinuer que le sujet ne la dérangeait pas ou bien qu'elle faisait partie de ces gens qui trouvent que le bonheur a trop de limites. Mais je me sens tellement... elle cherchait le mot... cool, détendue, que je vois pas pourquoi je vous le dirais pas. Ça fait tellement de bien !

Elle regarda de nouveau le paysage.

— On se sent si à l'écart du monde ici, si protégé... si loin des constructions, de la fumée, de la foule... C'est magique de préserver un endroit pareil.

Elle se leva puis alla ramasser des cailloux dans l'allée avec lesquels elle se mit à jongler en cherchant à savoir si sa vie avec François lui manquait, et la réponse fut : pas du tout. Elle envoyait les pierres en l'air de façon parfaitement droite, équilibrée, elle les rattrapait, les relançait, nickel. Elle balança le jeu qui venait de faire ses preuves : elle se sentait bien dans cette région, il fallait qu'elle y reste.

En passant à côté de Rose, elle ne se retint pas de lui faire un bisou sur la joue.

— J'adore notre vie ! déclara-t-elle en s'éloignant, avec une naïveté qui attendrit Rose en dépit de l'inquiétude qu'elle ressentait à l'idée de priver de liberté l'être solitaire qu'elle était aussi.

Le portable de Claire s'était récemment remis à sonner : une collègue de travail, deux copines, Isabelle, ah quand même, sans doute rongée par les remords, avait imaginé Claire, qui s'était évertuée à ne pas soulager la conscience de son amie en faisant de son séjour chez Rose une retraite monacale qui, avec un peu de chance, lui redonnerait le goût de son prochain. Elle y jeta un coup d'œil en entrant dans sa chambre. Message de François lut-elle, debout, le dos encore trempé de leurs blagues de collégiennes. En tenue d'équitation, des bottes aux pieds, cette intrusion du passé lui sembla incongrue.

Elle maintenait son téléphone dans sa paume comme s'il se fut agi d'un petit animal blessé dont elle n'aurait pas su quoi faire, et s'assit sur le rebord du lit. Elle cliqua sur envoi. « Tu nous manques. »

Elle sourit. Et relut. Elle manquait... à ses filles aussi ? Malgré les cris ? Les disputes ? Les phrases souvent cassantes qu'elle regrettait une fois la porte claquée ?

Elle posa son téléphone à côté d'elle et entreprit d'enlever ses bottes sans le lâcher des yeux. Elle le récupéra puis s'allongea, le dos mouillé contre les oreillers. Elle vérifia qu'il disait toujours la même chose, puis tourna son regard vers les palmes des bananiers qu'un vent du soir agitait devant sa vitre. Elle leur manquait.

Le message étant court, elle tenta d'en développer les coutures en se préoccupant de savoir à quelle heure, elle leur avait manqué. 18 h 04.

Oui, elle estima que c'était une heure douce de fin de journée, une bonne heure pour s'avérer sensible à l'absence. Elle regarda sa montre, c'était il y a seulement une quarantaine de minutes. Peut-être étaient-ils encore tous les trois liés par un souvenir, drapés dans leur tristesse sur le canapé du salon, la plus petite répétant : dites, c'est quand qu'elle revient Claire ?

Elle ferma les yeux, et revit le visage de cette enfant qu'elle trouvait si mignonne quand elle avait de la peine. Elle voulait voir sa mère partie très loin sans elle. À Dakar. Un nom qui résonnait dans la tête de Claire comme un aller-retour de gifle, un coup de fusil, une punition, la solitude du mot placard. Pourquoi la tristesse rendait-elle plus attachant ?

Dehors les feuilles des bananiers se dressaient, puis s'inclinaient en de longs salamalecs adressés au jour qui se retire.

18 h 04 sursauta-t-elle comme si le réveil venait de sonner mais quel jour étions-nous ? Elle rouvrit son écran. Mardi ! Que faisait François un mardi à 18 h 04 avec ses filles, lui qui ne rentrait jamais du bureau avant la fin du journal télévisé ! Elle fit brutalement coulisser la fermeture du boîtier. Il avait changé ses habitudes tiens, qu'est-ce qu'il ne ferait pas pour ses gamines ! Il faut reconnaître qu'elle n'était plus là. Pour surveiller les devoirs, gueuler pour le bain, le rangement de la chambre, le couvert, les pieds qui traînent et les affaires aussi. Il allait voir comme c'était chouette ce rôle de cadre. Très dynamique.

Elle pensa que dans quelques instants elle rejoindrait Rose pour boire un verre sur la terrasse et passer une soirée peinarde à regarder la nuit tomber sur la prairie. C'est sûr, c'était pas Paris.

18 h 04. Il n'avait pas eu le temps de s'organiser probablement. Avec son boulot, il n'allait pas pouvoir assurer très longtemps. Une étudiante du

quartier n'allait pas tarder à rappliquer si ça se trouve, et si ça la tentait, la place était libre. Enfin l'imaginait-elle.

Elle leva son regard vers la dame du tableau. Je leur manque, lui dit-elle, en croisant ses jambes tendues, fière de sa supériorité, à qui manquait-elle cette vieille bique figée devant son bouton de rose dans sa coiffure grotesque ? Il lui sembla qu'elle esquissait un sourire.

— Ça te fait rire ? lui demanda-t-elle à voix haute, cette façon inappropriée d'interpeller une dame de cette condition et de cette époque, lui procurant une jouissance dont elle ne voulait même pas connaître la raison.

Elle plissa les yeux pour tenter de préciser si elle souriait vraiment, ou si elle n'affichait pas plutôt une sorte de rictus dépréciateur que Claire jugea à la fois méprisant et sexy.

— T'es vraiment garce ! lui lança-t-elle en se redressant.

Elle s'assit au bout du lit, les pieds bien à plat par terre, juste en face de la dame du tableau. Il ne manquait entre elles, qu'un guéridon avec deux tasses.

— Mais t'as raison. – Claire baissa les yeux. – Tu nous manques... c'est nul. À qui je manque ? À tout l'immeuble ? À la gardienne, l'autre vieille là, qui s'est mise à lire Shakespeare à la mort d'un hérisson ? Ça m'étonnerait. Non c'est bon, ajouta-t-elle en balançant ses deux bras en avant façon

laisse tomber, s'il avait écrit Tu ME manques, à…
23 heures… et des brouettes par exemple, c'était
quand même plus érotique comme heure, plus
amoureux, plus tendre, que l'heure de la douche
ou des devoirs où, COMME PAR HASARD, je
manque à tout le monde.

Elle prit le temps de décrypter si « eux », puisqu'il s'agissait d'eux et non de lui dont il était question dans ce très court message, lui manquaient en
retour, et fut plutôt surprise de la promptitude avec
laquelle la réponse négative s'imposait, malgré
les effets contraires que son cœur attendri tentait
de stimuler.

En revanche elle trouva douce l'idée de susciter
le manque. Dans son jeu sur les sentiments, elle le
rangerait avec les crêpes. Le manque. Ça n'était
pas une température mais tant pis. Elle regarderait
le moment venu dans le manuel du four à quel
degré correspondait cette délicieuse tiédeur.

Elle leva les yeux vers la dame du tableau dont
la lumière du soir avait estompé tout caractère nar-
quois et la remercia. D'avoir modifié, l'expression
de son visage ou de lui avoir ouvert les yeux.

— Peut-être qu'un jour je serai capable de faire
mes propres enfants, déclara-t-elle en se levant,
elle-même surprise de ses propos et surtout de
l'effet de soudaine assurance qu'ils provoquèrent.

Aujourd'hui elle avait galopé. Elle s'était
sentie libre et déterminée. À ne pas tomber, mais

également à ne pas laisser la peur l'empêcher de se surpasser. Dans la forêt, c'était plus facile, il n'y avait pas encore de ronds-points. Elle disparut dans la salle de bains, puis ressortit quelques instants plus tard, douchée et prête pour le dîner. La dame du tableau était maintenant songeuse dans la pénombre, son bouton de rose toujours à la main.

Avant de quitter sa chambre Claire attrapa son portable et effaça le message.

Il y avait longtemps que Nicolas n'avait pas joui comme ça. Longtemps qu'il n'avait pas eu affaire à une bouche aussi expérimentée.

Il avait commencé par fermer les yeux puis, en raison de ses calculs contrariants à propos de l'âge de sa partenaire, il les avait rouverts et, appuyé sur les coudes, avait décidé de la regarder faire.

Au sourire satisfait qu'il arborait, on pouvait même le croire disposé à régler un vieux compte, sombre et inassouvi.

Elle se tenait à genoux au-dessus de lui, et à l'ir-résistible habileté avec laquelle elle enrobait son sexe dans sa bouche, s'ajouta alors la vision de ses lourds seins laiteux qui, au gré de son ondulation, montaient et descendaient pour venir s'écraser entre ses cuisses avec une douce rotation suggestive, dont elle vérifiait les effets à coups d'œillades maquillées et incendiaires qui firent rapidement perdre à Nicolas, en plus de ses moyens, l'arrogance de ses fantasmes.

Lorsqu'il eut l'impression que tout son être le quittait il voulut se recroqueviller sur lui-même, mais toujours au-dessus elle l'en empêcha, lui plaquant les épaules contre le lit d'abord avec ses mains puis avec ses genoux quand elle en fut à lui proposer sa chatte devant la bouche.

En fin de compte pourquoi pas, c'est elle qui décidait, il faudrait un jour qu'il comprenne pourquoi ça finissait toujours de cette manière soumise avec des femmes plus âgées que lui.

En attrapant ses seins dans ses mains il sentit tout son être prêt à se redresser, tandis qu'en se maintenant au montant du lit elle allait et venait à son tour dans sa bouche.

Quelques instants plus tard elle bascula à ses côtés, et s'assoupit comme si elle avait été brutalement abandonnée par l'apesanteur. Il la regarda avec froideur.

Il avait déjà la mort d'un homme sur la conscience dont il s'était demandé s'il n'était pas son père. À présent il couchait, peut-être, avec sa mère. C'est bien, se dit-il en ne regrettant plus de ne pas avoir de joint à fumer, ça décuplait la parano, et quand on commence à se prendre pour Œdipe ça ne garantit pas forcément une très bonne fin de soirée. Il chercha comment ce dernier avait fini d'ailleurs, si ça n'était pas aveugle au fond d'un bois.

Il s'agrippa d'une main à la croupe de sa partenaire et se mit à palper la douceur et la mollesse de ses fesses comme le baume maternel et rassurant qu'il aurait aimé trouver le jour où ça lui était arrivé.

C'était il y a longtemps, sur une petite route de campagne de la région, et en hiver. La chape de brouillard était tombée d'un coup à l'entrée du premier virage.

Il ne s'était pas rendu compte qu'il roulait au milieu de la chaussée, la musique à fond et probablement un peu vite, mais l'autre en face aussi roulait vite. Accroché à son volant par manque de visibilité, Nicolas ne s'était pas douté que la vie du conducteur qui venait de l'esquiver d'un coup de volant allait, un peu plus loin, s'arrêter dans un arbre.

Il l'avait lu dans *Sud-Ouest* le lendemain ou plutôt, il y avait appris la mort d'un homme de quarante ans habitant la commune de Saint-Sulpice-de-Royan, marié, sans enfant, au lieu-dit de Taupignac, à peu près à l'heure à laquelle il y était passé, et qui avait perdu le contrôle de son véhicule sans doute en raison d'une vitesse excessive et de l'épaisse couche de brouillard qui surprenait souvent à cet endroit.

À l'époque, il n'avait pas dix-huit ans, et c'était son père qu'il cherchait auprès de tous les hommes de cet âge-là. Le fait que celui-ci fût qualifié de sans enfant n'en augmenta que plus l'attrait et le mystère.

Tout en relisant l'article, il avait ressenti le doute et l'appréhension lui tomber dessus comme s'il avait été victime d'un guet-apens.

Se pouvait-il que ce fût son père, l'homme qu'il avait « croisé » ? Ne lui ressemblait-il pas en conduisant de cette manière insouciante, voire imprudente ? En l'évitant pour lui protéger la vie, n'était-ce pas un réflexe paternel que cet homme avait eu envers lui ? Et enfin la vie n'avait-elle pas décidé depuis le début qu'un des deux était de trop dans l'histoire ?

Le brouillard, comme toujours, s'était chargé du reste.

L'article n'évoquait pas la présence, ni même l'idée, d'un autre véhicule. C'était comme s'il n'avait pas été là, qu'il comptait pour du beurre ou qu'il n'existait pas.

Il aurait dû en conclure qu'il n'était pour rien dans ce drame, mais au contraire il se mit à l'obséder. C'était le genre d'événements qui ne manquait pas de séduire son insatiable culpabilité. Il avait erré une journée entière, le journal à la main comme s'il se fut agi de l'arme du crime que les passants qu'il croisait auraient dû lui retirer. Mais personne ne faisait rien.

Il envisagea de retourner sur place pour apaiser ses doutes. En avoir le cœur « net » comme disent les gens inquiets d'avoir à se faire des reproches.

Il y reconnaîtrait sûrement le virage et l'endroit du coup de volant sans noter aucun impact sur les arbres. Mais peut-être y trouverait-il aussi une gerbe de fleurs fraîches posée le long d'un tronc à l'emplacement exact d'où l'autre s'en est allé, parce que chez les vivants avait-il remarqué, on a comme lui besoin de traces pour chasser le néant.

Qu'irait-il faire là-bas, lui dont aucune fleur n'avait jamais marqué la naissance ?

S'assurer de son innocence ? ou d'un contraire qui le hanterait sûrement plus que le doute. C'est le principal argument qui l'avait décidé à tout laisser tomber. Mineur, il n'avait pas le permis. Ni celui de conduire ni celui de remettre en cause « les choses de la vie » dont il savait depuis le début disons, l'absurdité.

S'il allait voir les gendarmes qui ne le connaissaient que trop, pour leur avouer son délit et son crime, ils lui tomberaient dessus pour tout un tas de raisons et garderait les scrupules pour aggraver son cas. Mais cela changerait quoi à la mort de cet homme ?

Gérer l'inexplicable, c'était son quotidien.

Quelques mois plus tard il avait quitté la Charente-Maritime, en répondant à une offre d'apprentissage dans le bâtiment, un gros chantier près de Lille.

Dans le coin, « l'île », c'était plutôt l'île d'Aix, d'Oléron ou bien Ré, mais la sonorité était la même, alors il avait pris le train au lieu du bateau, et par la fenêtre pas une seule fois il n'avait vu la mer.

Là-bas tout était différent et la plupart des gens qu'il côtoyait sur les chantiers venaient d'ailleurs, de pays aux accents chantants où à force de faire des enfants en sifflotant on avait oublié de prévoir du travail pour tout le monde.

Il pouvait s'inventer, pour paraître comme eux, une famille près de Toulouse ou dans les Pyrénées. Un père décédé, ça c'était décidé, et une mère remariée, pour s'en débarrasser. Les frères et sœurs… il les avait éparpillés.

De toute façon, Nicolas parlait peu et préférait l'action.

Majeur, il s'accrocha à sa formation pour ne pas y penser, mais l'idée que ses fugues ne le mèneraient désormais plus nulle part l'avait traumatisé comme l'annonce de la perte de leurs parents anéantit les autres.

La fugue c'était un substitut de famille, une sœur, une confidente. Il faisait d'elle un double féminin toujours prêt à disparaître avec lui, même au milieu de la nuit, pour aller n'importe où, là où on ne les trouverait pas et où il pourrait lui livrer, blotti contre lui-même, son chagrin et ses peines.

Il l'appelait La Fugue quand il la questionnait à propos de rentrer et qu'elle lui disait oui pour mieux le protéger. Il l'insultait les yeux pleins de larmes, La Fugue, quand elle le retenait de se jeter du pont et qu'elle l'entraînait par la main le plus loin possible en courant. Elle lui sauvait la vie, La Fugue, c'était quelqu'un.

Pour tenter de la remplacer, il s'était fait là-bas un ou deux copains, les plus paumés du groupe. Ils se retrouvaient le soir dans la piaule de l'un d'eux pour fumer des pétards puis s'enfermaient des heures entières dans des salles de jeu, où ils gagnaient des points à tuer le plus de gens.

Le dimanche après-midi quand il faisait beau, il allait s'asseoir sur un banc dans un parc et laissait des filles plus jeunes que lui se mettre à deux pour le draguer. Il aimait la timidité avec laquelle elles le regardaient en gloussant derrière leurs longs cheveux raides et un peu gras, installées sur un banc presque en face du sien, et la manière dont chacune d'elles le suppliait des yeux de la choisir elle, pour mieux crucifier l'autre.

Si Nicolas ne sombra pas dans les écueils de la destruction, c'est grâce à l'intérêt que M. René lui porta dès son arrivée à Lille.

M. René, dont Nicolas aimait ne pas savoir si c'était son nom ou son prénom, l'avait pris sous son aile, comme un chef de chantier dont la femme travaille dans le social ou qui a lui-même des choses à se faire pardonner.

Nicolas avait remarqué que cet intérêt pour sa personne datait du jour où il avait rempli son dossier d'inscription : des données soi-disant confidentielles sur sa situation familiale qui lui avaient fait mettre dix fois plus de x qu'une boîte de scrabble n'en contient, un jeu qu'il avait toujours décrété pas fait pour lui.

M. René l'encourageait dans son travail et supervisait la plupart des tâches qui lui étaient confiées.

Cette attention eut le mérite de permettre à Nicolas d'oublier l'accident aussi vite que celui-ci s'était produit, car en dépit de son âge et de la géographie, c'est René Lacroix qui devint le père qu'il avait eu tant de mal à se représenter.

Il dut enterrer cette idée deux ans plus tard, en apprenant au journal télévisé le scandale provoqué par la découverte de détournements de fonds par la comptable d'un grand service social, au profit d'une entreprise privée dont elle multipliait, depuis des années et de manière inconsidérée, les aides à la formation de jeunes en difficulté. L'entreprise était celle de son mari, M. René Lacroix, un chef de chantier peu scrupuleux qui savait s'attirer la sympathie de jeunes gens démunis et sans famille sur le dos desquels il se remplissait les poches à coups de formations bidon et d'emplois plus ou moins fictifs.

Nicolas était resté pétrifié devant son poste, d'abord par l'idée d'avoir été trompé, utilisé comme un alibi ou une bonne conscience qu'on achète à bas prix, puis par celle d'être de nouveau abandonné.

Tandis qu'à la télévision la France entière se demandait comment une telle absence de contrôle des subventions avait été possible, Nicolas seul au monde se demandait quelle espèce d'ordure pouvait bien être son père.

Il allait, peu à peu, en abandonner toute idée de recherche.

C'était un homme à présent, et sans doute pour en être plus sûr, il s'était mis à faire de la boxe. Trois fois par semaine, c'était l'humanité tout entière enfermée dans un sac qui se prenait des branlées.

L'échappatoire, il la trouva auprès de femmes plus âgées que lui, voire mariées, qui ne manquaient pas d'être inspirées par son corps bien bâti et par ce beau visage dont les yeux sombres trahissaient une séduisante mélancolie.

Plus les rendez-vous étaient illicites, plus La Fugue avait retrouvé sa raison d'être. Elle était revenue avec à présent d'autres aspirations plus conformes à son âge.

Rassuré de la savoir de nouveau à ses côtés, il lui avait laissé le soin de gérer sa vie amoureuse.

Avec les femmes disponibles, ils avaient instauré un code : à la première addition où elles ne proposaient pas de régler leur part, Nicolas prenait la tangente. C'était la Fugue qui avait décidé ça mais il était d'accord. Il réglait la note et disparaissait à jamais, beaucoup trop paniqué par l'idée qu'une femme puisse attendre la moindre chose de lui. Elle savait ça par cœur, la Fugue, qui lui murmurait à l'oreille, l'instant d'après, en courant dans la rue « vous êtes bien tous pareils ! », une phrase qui le rendait joyeux, et heureux d'être normal.

Le dénouement était en revanche plus compliqué lorsque sa partenaire était mariée, un profil auquel pourtant il résistait rarement, en raison de l'absence d'avenir qu'il présentait.

Dans cette excitante clandestinité, la Fugue l'accompagnait comme une complice avisée. Elle l'avait tirée de pas mal de faux pas, quand le mari rentrait de voyage à l'improviste ou qu'une belle-mère arrivait deux heures plus tôt que prévu parce qu'elle s'ennuyait, déployant dans ces cas-là l'art de la fuite avec brio.

Mais il la méprisait, la Fugue, quand il devait partir mais qu'il voulait rester, quand il était l'heure dite mais qu'il était bien là, quand il devait laisser sa place mais qu'alors il voulait la garder. Il devenait subitement jaloux et coléreux, encore on le laissait. Et lorsqu'il insistait, bientôt on le quittait.

« Va te faire foutre », disait-il à la Fugue en descendant une à une les marches d'un escalier d'immeuble qu'il avait montées quatre à quatre à peine deux heures plus tôt.

« Casse-toi d'ici », pensa-t-il encore en se rhabillant dans l'arrière-piaule lugubre d'un bistrot de Rochefort-sur-Mer dont la choucroute était, comme dans le joli film qu'il avait vu, le plat du jour.

Le plat du jour ! lança-t-il à haute voix en cherchant la sortie comme s'il répétait au jury resté derrière la porte le motif de sa disqualification à une compétition de plongée.

Toute à son observation des moindres indices qui pourraient lui permettre de calquer un jour sa vie sur la sienne, Claire en était arrivée à la conclusion que tous les individus qui retenaient l'attention de Rose Dantrevoix dans son village du Rigaleau étaient des gens curieux. Elle aurait même dit « ours » si elle avait pu en discuter avec quelqu'un, mais Claire laissait volontiers sa sociabilité s'engourdir dans le sillage solitaire de Rose, à la fois parce qu'elle l'admirait, mais aussi parce qu'elle était bien avec elle.

Elle l'accompagnait acheter le pain ou le journal, pour le plaisir d'être assise à ses côtés dans son gros Land qu'elle pilotait avec aisance, en regardant toujours les champs par la fenêtre ouverte, ou la moindre nouveauté de la nature. Il arrivait parfois à Rose de s'arrêter et de descendre sans couper le moteur, ramasser un hérisson écrasé dont le rouge sang l'emportait sur le gris des picots et le déposer au moins dans un ravin, à défaut de lui creuser une petite tombe qu'elle recouvrait ensuite de terre et de feuilles mortes elles aussi. Elle essuyait ensuite vite fait ses mains d'un aller-retour sur les côtés de son pantalon ou de son bermuda, sans doute pour que ça se voie moins, et remontait derrière son volant en marmonnant un commentaire désabusé. Quelque chose comme quoi il était regrettable qu'en préférant la vitesse à la vie, ça donne forcément ça.

Au village, Rose aimait Jean-Marie. C'était un homme tout maigrichon, ancien jockey d'au moins soixante-quinze ans, qui s'habillait toujours en bleu comme un capitaine et dont la courte démarche un peu glissée donnait une impression de jouet mécanique ou de chaussures trop petites. Il portait des binocles en fer ronds, une casquette de cavalier à carreaux, et le peu de visage qui restait de visible était mangé par de gros favoris gris qui lui descendaient jusqu'au milieu des joues. Il chaussait toujours des souliers à talonnettes, sans doute pour rehausser sa petite taille, mais avec la franchise de pantalons trop courts pour s'en cacher. Il avait l'air d'un vieux gamin dont les habits n'ont pas grandi, quant à sa particularité, c'était pire.

Jean-Marie se rendait tous les matins vers 10 heures, à pied à la boulangerie pour s'y choisir un gâteau. Il aimait le gling-gling du carillon de la porte, et le bonjour jovial de la patronne qui citait tout fort son prénom, comme on fait avec les vedettes quand on veut faire savoir à tout le monde qu'on les connaît.

Les jours de semaine il se contentait d'un gâteau individuel, mais le dimanche il en choisissait un pour quatre personnes, d'abord parce que c'était dimanche, mais aussi parce qu'il fallait qu'il tienne, en raison de la fermeture hebdomadaire, jusqu'au mardi. Il le commandait la veille, en réfléchissant bien, telle une bonne ménagère qui prendrait le temps de faire le point sur le goût de ses convives.

Les autres jours, il se plantait devant la vitrine réfrigérée du magasin avec le même enchantement qu'un enfant à Noël. Il gardait ses deux mains jointes devant sa bouche, puis il les abaissait et chacune d'elles serrait l'autre dans sa paume à tour de rôle, comme pour la réchauffer ou la retenir de commettre une bêtise. Il se mettait alors à inspecter les rangées de gâteaux, qui se tenaient face à lui avec la discipline d'une armée de guignols peu rectiligne et bariolée.

On n'est pas chez Lenôtre, avait discrètement glissé Rose à l'oreille de Claire la première fois qu'elle l'y avait emmenée, prêtant au temps que

189

celle-ci mettait à faire son choix un embarras plus snob qu'il ne l'était vraiment.

Les éclairs, tous de travers, bavaient de la crème de leurs longues bouches de grenouille. Les têtes des religieuses s'affaissaient sur le côté comme celles de vieilles marquises somnolant à un concert de harpe, leurs couronnes ayant perdu jusqu'à la noblesse de leurs picots. Des babas à nez rouge, peu soucieux des convenances, continuaient à s'imbiber de rhum devant tout le monde dans de petites baignoires en papier blanc, et des tartelettes aux croisillons bâclés luisaient comme des pots de crème avant d'aller se coucher, sous l'éclairage un peu violent de rampes démodées.

Rose, dont le goût pour les mets raffinés avait été façonné dès l'enfance, était autant émerveillée par l'embarras de Jean-Marie, qu'il ne l'était lui-même de choisir son gâteau. Souvent, elle faisait exprès de ne pas trouver sa monnaie afin de laisser passer les clients pressés d'acheter leur pain. Ils échangeaient à peine quelques mots au-delà du bonjour, une ébauche de propos auxquels Rose coupait court pour ne pas risquer d'ébrécher le curieux magnétisme de la situation.

On apercevait ensuite Jean-Marie sur les trottoirs du village maintenant délicatement son paquet devant lui par la ficelle, comme s'il venait de s'acheter un ami précieux, un poisson rouge dans une bulle d'eau ou quelque chose de plus fragile encore.

Rose aimait aussi Robert, qu'on croisait le plus souvent à vélo ou à pied le long des routes de la commune, parfois sur le siège passager d'une voiture électrique qui l'emmenait jusqu'aux marais, à trente à l'heure marqué en énorme dans le compteur, ramasser des huîtres ou des palourdes à l'aspect douteux qu'il vendait au voisinage à peine moins cher que dans le commerce.

C'était encore un bel homme, avec ses cheveux blancs ramenés en arrière et son visage buriné et ridé qui accentuait la malice de ses yeux bleus. Sans être grand, il était large d'épaules et ne manquait jamais de vanter ses huit gosses éparpillés au fil du temps comme la preuve de son succès auprès des femmes.

Bien qu'au RMI, il était élégant, souvent vêtu d'une veste prince-de-galles par-dessus une chemise blanche et d'un large pantalon de flanelle rentré dans ses hautes bottes de caoutchouc, des habits qu'il se procurait à la Croix-Rouge ou aux bonnes œuvres, et qui lui conféraient l'allure d'un vagabond aussi démerdard avec le système qu'avec les dames de la paroisse.

Il interpellait tous les gens qu'il croisait, promeneurs ou cyclistes, pour leur proposer le contenu de sa poche en plastique : coquillages, escargots ou champignons en fonction des saisons et de la pluie, et ne manquait pas de se faire payer un coup au bistrot du village par des touristes en quête d'exotisme local. On le voyait souvent arpenter les sous-bois muni d'un long bâton pour fouiller les fougères ou discuter en fumant un mégot ramassé par terre avec un autre simplet du coin, qui exaspérait Rose parce qu'il roulait toujours au milieu de la route avec un coup dans le nez sur une vieille mobylette à sacoches qu'elle n'osait pas doubler.

— Vous allez pas manger ça ! avait demandé Claire en inspectant le fond de la poche que Rose avait achetée à Robert, des palourdes qui grouillaient plus ou moins dans la vase.

— Voyons ? Oh là. On va les mettre à tremper, on verra bien.

Rose riait et se foutait comme à chaque fois de lui avoir donné un billet de cinq pour rien. Même les chats attirés par l'odeur ne miaulaient pas d'impatience. On les aurait dits habitués aux lubies de leur maîtresse. Ils s'asseyaient sur le rebord de l'évier et observaient les renouvellements d'eau avec placidité.

— Il a plus besoin de cet argent que moi vous ne croyez pas ? lança-t-elle en brassant des coquillages dont la plupart avaient la décence de rester fermés.

Claire lui sourit, ne voyant pas ce qu'elle pourrait ajouter sans contrarier le penchant de Rose pour les êtres marginaux, les rescapés du siècle précédent qui tentaient de traverser le suivant en bottes en caoutchouc.

Elle occupait l'espace avec des chevaux à la retraite, et se laissait attendrir par l'annonce d'un type qui cherche sa mère dans une gazette locale gratuite quand les ventes de journaux et de livres sur des personnalités connues et bronzées toute l'année explosaient. Elle était à côté de la plaque, mais si touchante.

En dehors d'une poignée de copines divorcées qui passaient à l'occasion raconter la dernière malédiction qui les avait frappées, les autres individus qui parvenaient à s'immiscer dans l'existence de Rose étaient pour la plupart des voisins du lieu-dit où elle vivait, le Rigaleau, que les habitants du village désignaient sous l'appellation de « chez les demeurés ».

Outre José Marono, l'ébéniste d'art, collectionneur d'ours en peluche, qui sentait et mâchouillait les bois pour s'assurer de leur âge et de leur essence et chez qui Rose adorait boire un coup parce qu'ils parlaient tous deux en espagnol dans une odeur de cire et de colle au nerf de bœuf qui leur camait le cerveau, les autres étaient d'anciens employés de la commune ou cheminots, qui avaient, à défaut de pouvoir se permettre le moindre placement boursier pour compléter leurs maigres retraites, investi dans le potager.

Entre les sillons de légumes verts et variés, les échafaudages en bambou de tomates et les arbres du verger, ils consommaient sans problème leurs cinq fruits et légumes par jour que la télé leur disait de manger avec un sous-entendu d'effort dont le sens, en revanche, leur échappait un peu. Un verre de pineau à la main, ils l'évoquaient plutôt en se marrant cette campagne pour la campagne, quand ils auraient aimé avoir la possibilité de s'enfiler, ne serait-ce que deux fois par semaine, des produits moins recommandés.

En bons investisseurs, ils suivaient la courbe de la pluviométrie avec plus d'intérêt que celle de la Bourse, et les écarts du Jones avec moins d'inquiétude que ceux du thermomètre.

Ils voyaient en Rose qui leur faisait cadeau d'un fumier de cheval sain et de qualité un placement d'avenir qui méritait largement les paniers bien garnis qu'ils lui offraient, remettant le troc au goût du jour comme une bonne vieille valeur inconnue des traders.

Mais leurs moyens de survie ne s'arrêtaient pas là. Ils avaient également des poules pour les omelettes, les crèmes et les gâteaux, et la plus vieille d'entre elles pour un dimanche midi.

Leurs congélateurs regorgeaient un temps, de la dernière pêche ou de la chasse de l'automne dernier, quand ce n'était pas, comme chez Léon, d'agneaux de lait qu'il avait vus naître et grandir, un sujet que tout le monde se gardait d'évoquer devant Rose.

Claire visionnait dans son ordinateur les photos des ronds-points qu'elle avait prises ces derniers jours. Elle s'était installée sur la table basse du salon et levait parfois la tête pour regarder la pièce. Elle avait la conviction que côtoyer Rose la rendait créative. Ou bien c'était la vie de province, ce calme, cet avant-goût de retraite qui provoquait sa vivacité. En tout cas ses projets fusaient dans toutes les directions.

Elle s'était acheté un carnet malgré le choix réduit de papeterie que proposait le bar-tabac du village, et veillait à y consigner ses idées, ses débuts de jeu, leurs plans d'accès et leurs possibilités de déroulement.

Éparpillée dans ses réflexions, elle ne parvenait à se concentrer ni sur la fausse plage aux chaises longues en ciment ni sur la cabane de pêche aux couleurs criardes de la République, et eut envie d'une tasse de thé. En attendant que celle-ci ait fini de faire la star sur la scène illuminée du micro-ondes, Claire traîna devant les mémos coincés dans le cadre de la glace de la cuisine. Le sticker « J'embrasse mieux que je ne cuisine » l'amusa toujours autant. Elle remarqua que Rose avait rendez-vous chez le docteur Fabier le 12 septembre à 14 heures, et qu'elle avait reçu – ouh là, elle connaissait des gens courageux – une carte postale du Tibet, ou bien c'était au Népal, ces petites maisons en boîtes d'allumettes accrochées aux flancs d'impressionnantes montagnes. Et plus bas, entre un trèfle à même pas quatre feuilles et le programme du cinéma, la fameuse annonce.

Claire se mit à réfléchir seule au sujet et relut le communiqué en soufflant sur sa tasse. Finalement, pensa-t-elle, si on exclut les précisions du début qui ne servent qu'à identifier une personne que Rose prétend ne pas connaître, la seule partie qui nous intéresse dans cette annonce c'est la fin : J'aimerais tant te retrouver.

En avalant de petites gorgées, elle observa Rose par la fenêtre de la cuisine étendre du linge sur un fil au soleil. En dépit de ce qu'elle avait vite prétendu pour se débarrasser du sujet, Rose n'aurait-elle pas aimé avoir un enfant ? Un fils qui l'aurait recherchée, ou, à défaut, qui aurait surgi dans sa vie. Comme la Vierge Marie.

L'idée la fit rire, mais pas autant que lorsqu'elle s'imagina déguisée en ange Gabriel, interpellant Rose sur la question.

L'Annonce faite à Rose-Marie ! décréta-t-elle en traversant le salon religieusement, les vapeurs de Darjeeling s'échappant de sa tasse de thé comme d'un encensoir.

La carte postale représentait la place d'un village. De vieux pavés, des platanes, une treille au-dessus d'un café aux chaises anciennes en fer forgé. Une fontaine. Mais rien n'était écrit au dos, et le nom du lieu avait été masqué d'un rectangle gribouillé au stylo noir. L'enveloppe, postée de Lille, contenait également une lettre, pliée en quatre, écrite à la main. Il avait reconnu l'écriture de Sylvia.

« Nico, je ne sais pas où tu te trouves mais je te connais assez pour savoir que tu as dû partir te cacher quelque part. J'avais prévu de t'envoyer cette carte, mais elle ne suffit pas pour tout ce que j'ai à te dire alors j'ai ajouté cette page. J'adresse ce courrier à la gazette où est référencée ton annonce. Si tu n'as pas renoncé à l'idée de retrouver ta mère tu devrais la recevoir, sinon c'est qu'elle devait se perdre.

Je tenais à te demander pardon pour la manière dont les choses se sont déroulées les derniers temps, tu ne mérites pas ça.

Je voulais que tu saches aussi que je me suis efforcée de te donner l'amour que tu attendais de moi, mais mon cœur faisait encore le guet d'une autre l'histoire. Je m'en veux. De ne pas avoir eu le courage de t'en parler plus tôt, mais je me figurais, après t'avoir tant mis en garde pendant des mois, que tu l'aurais su pour toujours.

J'ai essayé de te préserver le plus longtemps possible. Tu me faisais de la peine rien qu'à l'idée de te le dire et je n'étais pas sûre de moi. J'ai tiré à mon tour profit de la situation, je l'avoue, ça m'a aussi permis de mieux te connaître.

J'espère que tu vas retrouver ta mère si cela compte encore pour toi, mais si tu ne la trouves pas, je t'en supplie, arrête. Arrête, Nicolas, de bâtir des chimères, de fuir le monde, le présent et les autres, de construire des cages à lapins que tu détestes.

Arrête d'essayer de plaquer l'amour là où il n'est pas et cesse de penser qu'aucune femme ne peut t'aimer.

C'est le dédommagement que je voulais t'offrir pour toute l'agressivité dont j'ai fait preuve à ton égard. Je crois que c'est un discours que tu as besoin d'entendre.

Tu ne donnes pas l'impression de quelqu'un qui l'ait déjà entendu ou qui fasse l'effort de comprendre. Je suis la seule femme avec qui tu sois resté autant de temps. Cela me donne le droit de te connaître. Je sais par exemple que je suis

200

celle que tu as le plus aimée. Je n'en doute pas. Mais je suis aussi à peu près certaine que tu m'as trompée dès que je t'ai donné l'impression que je pourrais finalement, moi aussi, t'aimer en retour.

Si tu continues avec une telle peur, tu n'iras pas loin. Et pardonne-moi de douter que ce soit ta mère qui t'en guérisse.

Une dernière chose. Tu as peut-être quitté Lille. Profites-en. Ça te fera le plus grand bien de changer d'air.

Je t'embrasse. Sylvia. »

La carte postale représentait la place d'un village. De vieux pavés, des platanes, une treille au-dessus d'un café aux chaises anciennes en fer forgé. Une fontaine. Mais rien d'autre. Si, des maisons dans le fond avec des balcons, des fleurs, des montagnes au loin et le ciel.

Sylvia l'avait peut-être écrite là, et postée de Lille.

Elle avait pu tout aussi bien choisir de lui offrir un paysage dans lequel elle lui soufflait l'idée de s'installer. Elle faisait toujours comme ça. On ne comprenait pas toujours tout, mais en général, il y avait quand même un début et une fin. Elle avait commencé par vouloir lui écrire sur cette carte, réalisé qu'elle ne suffirait pas, et terminé sa lettre sur son point de départ : le changement que la place du village évoquait.

Lui aussi il la connaissait.

Il s'en voulut d'avoir échoué avec une femme pareille et relut sa lettre plusieurs fois en essayant de se convaincre que, si l'amour ne pouvait pas se fixer comme le placo qu'il vissait tous les matins, il n'y pouvait rien.

Il avait néanmoins admiré la perspicacité dont elle avait fait preuve en lui écrivant à la gazette : il avait en effet, dès son arrivée, fait suspendre les réexpéditions et averti le directeur qu'il passe-rait lui-même prendre son courrier. Il n'avait pas voulu courir le risque de rater une réponse de sa mère alors qu'il était sur place.

La veille déjà, la gazette qui diffusait son annonce l'avait averti par texto qu'une lettre était arrivée pour lui. Ça n'était pas la première fois, mais c'était la première fois que ça se produisait ici.

Les fois précédentes il n'avait pas été prévenu. Comme cela était convenu avec le journal qui se chargeait de lui faire suivre la correspondance adressée à sa référence, les fois précédentes, il était tombé dessus en attrapant son courrier dans la boîte aux lettres de l'immeuble à Lille.

Il s'agissait toujours d'une enveloppe brute de kraft et de réexpédition qui venait de La Rochelle, affranchie d'un grand timbre illustré d'un bateau, de la Tour du vieux port ou du phare de Cordouan.

La première fois, il avait été si troublé par l'idée que sa mère ait pu lui répondre qu'il avait laissé repartir l'ascenseur dix fois. Il avait fini par ressortir de l'immeuble, à pas lents, soucieux d'accorder à l'instant qu'il allait vivre le pouvoir de chambouler sa vie.

Il avait fébrilement décacheté dans la rue la première enveloppe pour en extirper la seconde et vérifié, avant de la jeter, qu'elle ne contenait rien d'autre. Il avait ensuite emporté sa lettre au café en la tenant dans sa main, s'était assis à une petite table, et avait commandé deux demis. Peut-être pour que ça ne fasse qu'un, peut-être pour que la lettre ait le sien, en tout cas pour que le second verre posé par habitude devant la chaise libre en face de lui par le garçon de café serve, comme un chevalet, de support à sa lettre.

Il l'avait alors regardée, longtemps, en se contentant d'apprécier qu'elle fût là, comme une personne qui a répondu présente à l'appel.

Il avait commencé par détailler des yeux le texte de l'enveloppe, et attribué la précision avec laquelle les références de l'annonce avaient été recopiées, à la détermination de son auteur. Pour écarter toute équivoque sur le destinataire, elle avait également noté son nom à lui, celui qu'elle lui avait donné, à la dernière minute sans doute.

Il avait longtemps détesté qu'elle l'ait appelé Aimé et prêtait à l'amour un langage vide de sens. Aimer, c'était quitter, tromper, abandonner.

Pour lui ça n'était pas du deuxième prénom autorisé par la loi qu'elle l'avait nommé, c'était d'un adjectif, d'un verbe, d'un moteur d'existence pour la plupart des gens, d'un sentiment qui part de l'idée d'être deux.

Il avait inspecté l'écriture à l'encre noire, l'avait jugée un peu ronde pour être celle d'une personne qui, bien que d'âge inconnu, devait tourner autour de la soixantaine, mais ne s'en était pas formalisé. Elle ne s'était pas présentée au dos, comme on le fait habituellement pour s'assurer du bon cheminement de son courrier et il en avait été soulagé, ayant un court instant appréhendé qu'elle ne se fût trop brutalement dévoilée sous l'aspect d'une simple ligne d'annuaire.

Il avait alors été frappé par la froideur qui se dégageait de l'enveloppe : son adresse n'était qu'un rébus et leurs retrouvailles plus anonymes qu'un parloir. Le journal auquel la lettre avait été envoyée était une boîte postale, et lui-même, une référence à huit chiffres. Du regard, il s'était mis à implorer la lettre de le consoler pour ces années de matricule administratif.

Que lui dirait-elle ? Qu'elle aussi était heureuse de l'avoir retrouvé ? Qu'elle attendait ce moment depuis longtemps ? Qu'il ne pouvait pas imaginer à quel point il lui avait manqué ? Ou bien qu'elle avait refait sa vie, qu'il fallait qu'il en fasse autant et qu'il l'oublie, que l'insistance de son annonce la mettait mal à l'aise ; peut-être lui demanderait-elle même, dans ce cas, de penser un peu à elle.

Il s'était mis à observer un jeune homme donner de grands coups de bassin à un flipper pour augmenter ses chances de voir remonter sa boule et des clients plus pressés que lui de découvrir un mystère, gratter des tickets dont une bande noire cachait l'heureuse surprise.

Si pour lui ça devait être pareil, aussi nul comme résultat, autant l'ouvrir tout de suite.

Ramenant de nouveau son regard vers la lettre, il s'était alors demandé si elle s'était contentée de répondre à son annonce ou si l'émotion avait été si forte qu'elle n'avait pas résisté à l'envie de tout lui raconter, un roman de dix pages.

Il en avait pincé l'épaisseur, de la façon qu'on estime d'un geste affectueux la rondeur ou la maigreur de quelqu'un de proche qu'on n'a pas vu depuis longtemps. Une page tout au plus. Elle avait choisi de ne lui dire que l'essentiel. Par courrier c'était mieux. Ils se verraient bientôt, elle avait tant de choses à lui dire.

Il s'était surpris à sourire de lui donner déjà raison, prêtant cette réaction à une obédience viscérale qu'il n'avait pas connue ; c'était sa mère.

Ému, il s'était laissé distraire par la voix d'un client en colère. L'homme se tenait devant la caisse du tabac, un bellâtre basané d'une soixantaine d'années, les cheveux mi-longs peignés en arrière et la chemise blanche ouverte sur les poils et la chaîne. Il avait l'air pressé, son coupé Mercedes garé en double file, et furieux des cigarettes qu'on lui donnait. Il tapait le paquet sur le comptoir et criait sur un ton méditerranéen :

— Toujours tu me donnes çui-là ! C'est pas vrai ! Tu le fais exprès ou quoi ? Allez ! reprends-moi ça, il avait retapé le paquet, « Fumer rend impuissant » ! Tu crois que je vais lire ça toute la journée ? Tu te fous de ma gueule ou quoi ?

Le jeune homme de la caisse, embarrassé, ne savait pas quoi faire, il s'était retourné face aux marques sans doute pour chercher l'inspiration.

— Allez ! répéta l'homme en lui faisant signe avec la main de se magner, donne-moi çui-là de la crise cardiaque va, à tout prendre je préfère encore ça !

Il avait jeté la monnaie sur le comptoir et le petit ruban de cellophane par terre. Il n'avait pas encore atteint la sortie qu'il avait déjà allumé la mèche.

Une ébauche de sourire aux lèvres, Nicolas avait suivi des yeux l'homme jusqu'à sa voiture. En le voyant prendre place derrière le volant, il s'était imaginé entendre une explosion, crise cardiaque.

Il n'avait pu s'empêcher d'écouter les hommes accoudés au zinc se moquer de la scène, imiter le personnage, puis finir par se mettre à discuter le choix qu'eux-mêmes feraient s'il leur était donné, entre la mort et l'impuissance, qu'ils nommaient de manière moins philosophique « infractus » et Popaul.

Quelque peu requinqué par cette solidaire ambiance masculine, il avait terminé son verre et ouvert l'enveloppe. Il avait lu très vite, ayant immédiatement compris son erreur, et plusieurs fois, comme pour en retarder l'effet.

Elle s'appelait Christine Fernandez, elle avait trente-cinq ans, elle était divorcée avec deux enfants et avait été très sensible à son annonce. Elle regrettait de ne pas être la mère qu'il recherchait mais si c'était pour la tendresse « dont on a tous besoin » qu'il avait effectué cette démarche, elle se proposait de lui venir en aide.

Il n'avait pas relu la fin, il avait laissé la lettre pendre au bout de son bras en regardant dehors.

À cette période il vivait avec Sylvia, se préparait à être père, et avait cru, l'espace de cet instant, être devenu l'homme capable de commettre un exploit. Plus fort que tous les ordinateurs du monde entier et que l'administration du XXIe siècle, il avait retrouvé tout seul sa mère.

— Personne ne vient ? lui avait demandé le serveur avec un petit sourire de compassion en le voyant inverser son verre vide contre le plein qui ne servait plus de chevalet à rien.

— Non. Je crois que personne ne va venir, avait-il répondu, le regard toujours tourné vers la rue, c'était une mauvaise blague, il était si déçu.

Il n'avait pas imaginé, il avait fait non de la tête pendant quelques minutes plus longues que d'autres, en déplaçant son verre à pied qu'il faisait glisser du bout des doigts sur la table comme la pièce, condamnée où qu'elle aille, d'un jeu d'échecs.

Non, en aspirant une bouffée de ventoline pour ne pas suffoquer, puis celle d'une cigarette, quémandée au serveur, pour ne plus respirer.

Non, en déchirant le numéro de portable de Christine Fernandez, et ses espoirs avec, non il n'avait pas envisagé, surtout cette fois, la première, que quelqu'un d'autre que sa mère aurait pu répondre à son annonce.

À présent il le savait. Hier c'était la sixième qu'il avait reçue, sans compter celle de Sylvia aujourd'hui. Il en avait déjà reçu cinq, des lettres de femmes, qui lui voulaient du bien : l'aider, le consoler, lui changer les idées…

Au début il en avait parlé à Sylvia pour lui faire part de sa déception, mais elle avait presque eu l'air contente.

— Ben tu vois ! lui avait-elle lancé.

— Tu vois quoi ?

Elle avait répondu sans s'arrêter de plier du linge : Qu'il y a plein de femmes qui seraient prêtes à s'occuper de toi ! puis, perchée sur la pointe des pieds, elle l'avait embrassé sur sa joue mal rasée, sans doute pour atténuer l'effet de sa boutade.

En y repensant, c'est « Fumer tue les spermatozoïdes et réduit la fertilité » qu'il aurait choisi comme paquet, si quelqu'un lui avait demandé son avis, si son avis avait intéressé quelqu'un.

Ébranlé par la lettre de Sylvia, Nicolas se mit a repenser à celle qu'il avait reçue la veille, et qu'il avait pourtant balancée aussitôt dans une poubelle marquée « Ville Propre » en marmonnant : Qu'est-ce que ça peut te foutre, connasse.

Elle était plus mystérieuse que les précédentes et il en avait trouvé le contenu arrogant. En plus, même s'il était désormais averti de sa possible erreur, il n'en avait pas moins le cœur battant que chaque fois fût la bonne, et particulièrement celle-là.

Mais en la décachetant déjà il avait su. Alors il avait ouvert et lu vite, appuyé contre sa voiture, une seule phrase et puis un numéro de portable : « Un homme qui cherche sa mère, c'est comment ? »

Il s'installa à une terrasse sans platanes et sans chaises en fer forgé, et regarda les gens passer, la tête lourdement posée dans une main et le coude en guise de socle. Il demanda au garçon de café un bloc et un stylo et se mit à écrire des phrases qu'il gribouilla, qu'il chiffonna, qu'il enferma dans sa poche. Et puis, à force de ratures : « Un homme qui cherche sa mère c'est un type qui même s'il travaille dans le bâtiment n'a rien construit, sans doute parce qu'il n'a aucune idée de ce que aimer veut dire, et qui fait tout pour ne pas le savoir parce qu'il se dit que ce sera pire encore de découvrir de quoi on l'a privé. »

Au bout d'une heure, il était arrivé à ça.

Au bout d'une heure, il était vautré sur la table, la tête couchée sur un bras tendu qui paraissait maintenir la feuille écrabouillée dans sa main le plus loin possible de lui.

Il avait l'air ailleurs, il avait l'air loin, mais en fait il avait la tête posée sur l'oreiller et regardait Sylvia dormir, il était simplement anéanti par les regrets.

Cette nuit-là, Rose ne dormit pas dans la maison. Elle installa son duvet à côté de Sandra la vieille jument blanche qui, couchée au fond du pré, n'avait plus la force de se relever.

Ses membres grattaient le sol autour d'elle comme si elle savait que désormais elle ne galoperait plus qu'en rêve.

Même avec l'aide des voisins et des sangles passées sous l'animal, personne ne parvint à lui redonner la force de se tenir debout. On aurait dit que son âge avait retiré d'un coup la cale qui la maintenait.

Rose et Claire l'avaient trouvée couchée au fond du pré, après être allées jusqu'à la plage de Vallières se baigner avec les chiens, un délicieux moment de fin d'après-midi qu'elles avaient fait traîner en sirotant à la paille des tequila-sunrise sur la terrasse de *La Réserve* pour continuer à profiter du bruit des vagues à marée haute.

Au loin, le bac de Royan assurait la navette jusqu'au Verdon, emportant et déposant des vacanciers de chaque côté de l'estuaire ; un papa géant qui vous fait traverser la rivière.

Sur la table devant elles, hormis les verres colorés de grenadine, il y avait une pellicule de sable, un livre de poche, un magazine féminin, la clé du Land et les laisses des chiens. Étalées au dossier des chaises, les serviettes humides voletaient sous la brise légère d'une fin de journée au bord de la mer.

Mais l'immortalité s'était arrêtée là. Au moment où Rose, à peine rentrée chez elle, avait aperçu Sandra couchée, et que sans prendre le temps de garer la voiture elle était partie en courant jusqu'à elle.

Elle était rentrée une heure plus tard, ébranlée mais calme, désormais habituée à devoir rendre à la mort des êtres qu'elle avait empruntés le plus longtemps possible à la vie, comme un livre de bibliothèque qu'on aurait aimé pouvoir garder toujours.

Elle s'était fait un sandwich qu'elle avait mangé debout sans dire un mot, en regardant par terre et en pensant ailleurs.

Elle s'était assurée que Claire avait nourri les chiens, puis s'était mise à rassembler des affaires sur la grande table en bois de la salle à manger. Elle avait l'air d'un cow-boy qui prépare son bivouac : un sac de couchage, une couverture pour chevaux en toile légère, une lampe torche, son tabac et un seau.

Après avoir vérifié qu'elle n'avait rien oublié, elle avait demandé aux chiens s'ils voulaient l'accompagner mais la direction qu'elle prenait à cette heure tardive ne parut pas les emballer. En plein jour déjà les chevaux manquaient parfois les écraser, alors de nuit merci. Ils regardèrent Claire avec la sollicitude d'enfants en pyjama qui se demandent qui va les garder ce soir. Claire en fut attendrie, elle avait des amis, et déclara, en leur caressant la tête, qu'elle allait rester avec eux en bonne vieille copine sur qui on peut compter.

Elle s'installa sur le rocking-chair de la terrasse et perçut le couinement que produisait le canapé du salon quand les chiens montaient dessus. Elle sourit puis s'en voulut de les avoir laissés faire, ils avaient dû mettre du sable partout, mais Rose demain ne dirait sûrement rien.

Elle la regarda s'éloigner dans la nuit tombante en portant son barda, et perçut le long hennissement de la jument qui répondait à quelque chose qu'elle lui avait dit.

Elle observa Rose déposer ses affaires près d'elle, lui recouvrir les flancs avec la couverture, la caresser, puis revenir chercher le seau qu'elle avait laissé près du robinet. Elle le remplit, puis repartit en brinquebalant ses dix kilos d'eau au bout du bras. Claire devina à sa posture de prière que Rose devait donner à boire à la jument couchée, en faisant à genoux couler de ses mains jointes un filet d'eau dans sa bouche.

Peut-être demandait-elle à Dieu en même temps d'épargner sa jument, si toutefois elle demandait encore la moindre chose à Dieu.

Elle la vit allumer la lampe torche et se glisser dans son sac de couchage, puis lui faire un signe avant d'éteindre, un probable bonne nuit qui donna à Claire l'envie de participer de plus près à cette veillée funèbre.

Éclairée par la lune, elle rejoignit Rose en trébuchant sur les grosses mottes du pré, sa bouteille de José Cuervo à la main.

— D'où vous sortez ça ?

Claire éclata de rire de voir Rose toute saucissonnée.

— Ben de ma chambre !

— Vous avez une bouteille de tequila dans votre chambre maintenant ?

— Je l'ai toujours eue ! poursuivit Claire, hilare de passer en plus pour une discrète alcoolique.

— Non mais vous êtes encore plus folle que ce que j'avais pu imaginer ! lança Rose en riant et en tentant de sortir un bras de son sarcophage. Passez-la-moi !

Elle s'enfila une rasade sous le tendre regard de Claire qui savourait son bonheur d'avoir trouvé la bonne personne avec qui partager sa bouteille.

— Elle vient du Mexique, dit-elle pour ajouter de l'effet à sa boisson et chasser le refus glacial de François le soir où elle lui avait tendu la bouteille pour qu'il trinque avec elle. J'ai pensé que c'était un bon soir pour la boire.

— Vous avez bien fait, dit Rose qui s'était extirpée de son cocon bleu pétrole pour se rouler une cigarette ; papillon assis en tailleur sur sa première vie.

Les chevaux, intrigués par cette veillée autour de l'une des leurs, s'étaient approchés. Ils entouraient de leurs ombres géantes les deux femmes et la jument qu'ils flairaient, et à qui ils adressaient de petits hennissements auxquels elle répondait faiblement. Elle tenta à nouveau de se relever, ses jambes dessinant des demi-cercles presque parfaits autour d'elle. Puis elle laissa retomber sa grosse tête sur le sol dans un soupir de renoncement. Rose retourna la faire boire. En faisant couler l'eau dans sa bouche, elle lui chanta doucement *À la claire fontaine* comme si c'était une chanson simple à comprendre même pour un cheval, et aussi parce que c'était l'occasion pour elle de répéter sans arrêt « il y a longtemps que je t'aime jamais je ne t'oublierai », car elle n'avait pas l'air de connaître grand-chose de plus aux paroles de la chanson.

On entendait le hululement des chouettes au bord de la forêt, ces mêmes ouhouhou qu'on fait enfant pour se faire peur sauf que cette fois c'étaient de vrais ouhouhou et que Claire avait un peu peur. Un grand rapace les frôla de ses larges ailes, puis se percha sur un piquet du pré.

— Je suis toujours impressionnée par la vie nocturne qu'il y a ici, c'est fantastique vous ne trouvez pas ? demanda Rose en rallumant sa cigarette.

— Impressionnant ! – Ce que Claire détestait dans le fantastique, c'est qu'on n'était jamais tranquille. Elle se mit à explorer des yeux son périmètre et se leva d'un bond. – Qu'est-ce que c'est que ça, cria-t-elle, ce trou, à côté de là où j'étais assise ?

Rose avança à genoux sur son enveloppe, elle n'avait pas remis ses chaussures.

— Ça m'a tout l'air d'un terrier de lapin.

— Un terrier de lapin ? Là ? précisa-t-elle en montrant l'emplacement de la main avec suspicion.

Elle changea de place, sans s'éloigner pour autant.

— Vous avez jamais peur ici toute seule ? demanda-t-elle en tentant de retrouver du courage au bord du goulot.

— Jamais.

— Je ne sais pas comment vous faites. Moi je crois que je serais morte de trouille. Pour pallier cet imminent effet, elle poursuivit : Vous avez pas eu envie de refaire votre vie ?

Rose resta un instant silencieuse.

— Si vous saviez à quel point je trouve cette expression stupide ! dit-elle, vous n'oseriez même pas me poser cette question. Comme si on pouvait REFAIRE sa vie. Ses lacets de chaussures oui, mais sa vie… on la continue. On ne la reprend pas de zéro que je sache…

Claire était comme toujours un peu vexée par les effets de stylo rouge de Rose sur sa copie. Elle avait l'impression qu'elle lui avait entouré de tout un tas de ronds superposés l'expression « refaire sa vie » et noté dans la marge IDIOT avec des tas de points d'exclamation qui sautent partout, et cet autoritarisme dont abusent les profs.

Rose dut le remarquer et s'efforça d'atténuer son humeur.

— Pardon, dit-elle, je sais que c'est une expression comme on dit, mais bon, tout le monde se remet en cause, je ne vois pas pourquoi les expressions y échapperaient. Qu'en pensez-vous ? ajouta-t-elle en signe d'encouragement.

Sensible à cet effort, il n'en fallut pas moins à Claire pour reprendre la parole.

— Moi c'est vieille fille l'expression que je trouve la plus débile ! Je trouve ça moche ! Je trouve ça vulgaire de parler des gens comme ça…

Rose éclata de rire.

— Quoi ? En leur associant la vieillesse ?

— Mais oui ! Vu ce que donnent les mariages, je trouve cette expression totalement démodée.

Rose, amusée, continuait de sourire tout en caressant d'une main l'encolure de la jument. Parfois elle agitait ses cheveux contre sa crinière.

On aurait dit qu'elle cherchait à les imprégner de son odeur, ou de sa texture.

— Pour répondre à votre question, reprit-elle, je crois que je me suis davantage employée à me suffire à moi-même qu'à rencontrer quelqu'un.

Une grosse lune ronde comme une auréole diffusait une lumière blanche et Claire estima l'éclairage parfait pour que l'ange Gabriel déploie ses ailes. Rose venait à l'instant de convenir de l'utilité des remises en cause, c'était pour Claire l'attitude typique des sujets en état de recevoir une révélation.

Réfléchissant à la manière de formuler la sienne, elle se posa la question de la psychologie des anges. Faisaient-ils preuve d'une délicatesse exemplaire lors qu'ils accomplissaient leur mission, ou bien leur aura les dispensait-elle de précautions inutiles dans leur cas ?

Dans le doute, elle opta pour une première étape.

— Vous regrettez de ne pas avoir eu d'enfant ?

Les chouettes répondaient ouhouhou comme le public acquis d'un show télévisé. Les chevaux soupiraient bruyamment entre deux bouchées d'herbe. La vieille compagne de Rose était en train de s'en aller, sa première locataire, son premier combat. On entendait un chien aboyer dans le lointain et l'heure sonner au clocher du village, les arbres déployaient des ombres noires, l'air était doux et Rose se demandait si la réponse qu'elle faisait par habitude à cette question n'était pas, comme certaines expressions, elle aussi périmée.

Elle prétendit ne pas savoir que répondre, que l'évidence s'était chargée de classer le dossier. Elle resta un moment silencieuse à cueillir des brins d'herbe, puis elle poussa un long soupir : c'est dingue, pensa Claire, elle fait tout comme ses chevaux.

Elle se mit alors à évoquer avec pudeur une impression nouvelle qui s'était emparée d'elle à la mort de sa mère. Un curieux sentiment d'apesanteur.

— J'ai réalisé que je n'avais plus personne ni au-dessus, ni au-dessous.

Elle raconta qu'au printemps, les chevaux perdaient leur poil d'hiver et que les oiseaux s'en servaient pour faire leurs nids. Que la mort succédait à la vie, qu'elle trouvait plus normal de perdre ses parents quand on avait des enfants.

— Je fais partie de ces rares femelles qui hantent la forêt sans petits. À la chasse ce sont celles qu'on a le droit d'abattre.

— Pareil ! Moi aussi je suis une femelle sans petits ! Pire ! Je suis la femelle dont on se sert pour élever les petits des autres mais qu'on abat quand même ! Qu'on n'a pas peur de blesser en tout cas !

Claire venait de penser au texto de François et n'avait pu se retenir d'interrompre Rose. Si elle voulait vraiment ressembler à l'ange qu'elle s'était mis en tête de devenir afin de permettre à Rose d'ouvrir les yeux sur les inconscientes raisons qui la poussaient à garder cette annonce, elle devait absolument oublier ses querelles personnelles.

Elle s'octroya tout de même quelques secondes pour considérer qu'il en avait fallu bien peu à François pour qu'elle cesse de lui manquer. Il n'avait pas laissé d'autre message. Ce « Tu nous manques » n'avait été qu'un instant de cafard passager, le découragement ponctuel qu'on peut ressentir face à une pile de linge. Il avait suffi qu'elle n'envoie pas « moi aussi » pour que l'état de manque semble se dissiper. Ben dis donc, pensa-t-elle, elle était pas de la came.

Rose avait raison quand elle disait que dans la vie toutes les petites choses comptaient, en ramassant un coquillage ou en sauvant une coccinelle de l'eau : répondre à un simple texto aurait pu renverser sa vie.

Était-il concevable que l'annonce eût le même pouvoir ?

Rose l'interrompit, surprise de sa réserve.

— À quoi vous pensez ?

— Toujours à cette annonce, répondit Claire avec franchise en dépit de l'exaspération qu'elle était sûre de susciter.

Rose s'esclaffa.

— Mais ça fait dix fois que vous m'en parlez ! je la jette à la poubelle demain si elle doit vous perturber à ce point ! Qu'est-ce qui vous inquiète ?

À présent rien, plus rien ne l'inquiétait.

Assise les jambes repliées devant elle, elle enserra ses genoux qu'elle ramena contre elle en position de sécurité. Puisque Rose était prête à la jeter, c'est qu'elle n'y attachait pas tant d'importance. On pouvait en parler.

— Je ne sais pas, c'est bizarre. À la fois j'aurais trouvé drôle que vous le rencontriez, cet homme, parce que c'est tout de même curieux que vous gardiez son annonce, et par ailleurs ça me fait peur. C'est comme si d'un côté je voyais un jeu de piste amusant et de l'autre une impasse.

Elle jeta un coup d'œil vers Rose dont la discrétion se traduisait par un regard baissé, cela l'encouragea à poursuivre.

— Je ne sais pas ce qui m'inquiète. Peut-être d'aller au bout des choses. J'ai peut-être peur de vos raisons. Que ça fasse de lui quelqu'un que vous aimiez plus que moi. Ou qui me remplace, avoua-t-elle avec un sourire gêné. Repassez-moi la tequila. On va être bourrées mais je ne sais pas ce qu'on a de mieux à faire.

— Mais que je l'aime comment ?

Rose était sidérée. Elle en profita pour se rouler une nouvelle cigarette. Claire pouvait l'observer.

— Ben comment, comment… Il a l'âge d'être votre fils… votre amant… votre mari même si ça vous chante…

— Vous êtes jalouse ? – Rose modelait son ouvrage. – Vous êtes jalouse ou vous avez peur que je vous laisse tomber ?

Elle tapota sur son genou son paquet de tabac, le referma, puis le replaça dans la poche de sa grosse chemise à carreaux.

Claire se dit qu'un ange ne se laisserait pas intimider.

— Vous voulez vraiment savoir ce que je pense ? Je pense que vous gardez cette annonce parce que vous auriez aimé avoir un fils. Ou au moins quelqu'un qui vous recherche. Peut-être parce que vous avez perdu votre dernière attache, c'est possible. Mais ça donne l'impression que vous êtes deux, à chercher quelque chose. Et si c'était la même ?

Rose encaissa le choc, estima que c'était une question de son âge, que si elle-même n'avait pas voulu approfondir ses raisons ça n'était pas pour qu'on le fasse à sa place.

— Vous allez rentrer vous coucher, dit-elle. Il est tard et il commence à faire frais. En passant dans la cuisine vous retirerez l'annonce de la glace et vous la jetterez à la poubelle. On s'en fout de cette histoire. Je me permets juste de vous rappeler que je n'avais aucune chance, selon moi, de rencontrer cet homme et que ça n'avait jamais été mon intention. Vous délirez complètement avec vos jeux de piste. Mais comme pour vous il aurait été moins incongru que j'aie un poster de Madonna épinglé dans ma chambre, vous allez la retirer. J'ai vu dans son message un de ces petits SOS émouvants qu'on intercepte par hasard. Ou qu'on s'envoie. D'une île à l'autre. Rien de plus.

Sur ce, elle se renfila dans son sac de couchage en lui souhaitant bonne nuit et en la remerciant d'être venue passer un moment avec elle.

Claire fut un peu déçue de sa réaction. Elle avait l'impression que son Annonce à Rose-Marie était un four. Une annonce de gazette ! Y'avait pas de quoi non plus en faire un plat.

Elle s'était relevée, parce qu'il faut bien se remettre de tout, avait ramassé sa bouteille et s'était donné une dizaine de tapes sur les fesses dans l'espoir qu'en plus des brins d'herbe, ça fasse aussi tomber l'humidité.

En tout cas la question était réglée, Rose ne souhaitait pas en parler davantage, l'annonce allait être jetée. Au moins elle n'aurait plus à supporter ce mystérieux « Tu m'as mis au monde » sur lequel elle tombait inévitablement et qui l'empêchait de se concentrer sur son travail.

Tout en regagnant la maison, elle essaya de se souvenir quelle était la dernière de ces expressions délicieuses que Rose employait parfois pour justifier ses lubies. Ah oui ! « D'une île à l'autre ! » se mit-elle à répéter lorsqu'elle dut traverser par erreur une zone de crottins qui l'obligeait à sauter pour ne pas mettre un pied dedans.

Elle trouvait que la phrase avait le même rythme que la sirène du SAMU et préférait s'imaginer en train de piloter un véhicule bruyant et plein de lumières, que seule dans le noir avec des bêtes autour.

« D'une île à l'autre ! » lançait-elle à chaque saut réussi.

Nicolas marchait le long des quais du port de Rochefort, de Rochefort-sur-Mer.

Tout en avançant d'un bon pas, il observait des manutentionnaires décharger des monte-charges, des ouvriers réparer des bateaux, et des bateaux s'en aller.

Lui aussi allait ramasser ses affaires, les mettre dans la voiture, « faire le plein » et s'en aller. Plein de vide, mais s'en aller quand même.

Il allait quitter Rochefort qui n'était pas plus sur mer qu'il n'y avait retrouvé la sienne. Il se demanda où il irait.

Dans le Midi ou en Espagne, c'est ce qu'il voyait de plus loin, ou de plus proche en différent. Au moins, brun et mat de peau comme il l'était il ressemblerait davantage aux gens. Ici il se sentait comme un étranger dans sa ville, pire, un exclu. Il avait le sentiment d'y avoir été abandonné, enfermé dans les geôles de l'orphelinat puis chassé, placé, contraint de partir loin. La ville s'était refermée sur ses secrets, elle ne désirait pas qu'il y fouille.

Il ne put obtenir aucune information sur son passé, ou sur les circonstances de son abandon, et pas une des personnes qu'il avait croisées et dont il s'était demandé si elles n'étaient pas sa mère ou son père, ses frères, ses tantes, une sœur peut-être, n'avait daigné répondre à son appel. Il ne portait le nom d'aucune famille parce qu'il n'en avait pas. Il s'appelait Aimé… mais de qui l'était-il ?

« Arrête. » Au lieu de s'apitoyer sur l'issue de son enquête, il allait mettre en pratique les conseils de Sylvia, prononcer sa relaxe, se considérer libre, sans casier familial ni autre antécédent.

Il reconnut les palmiers et les tulipiers de Virginie comme un voyageur du Nouveau-Monde. Dernière escale au jardin des Retours, se dit-il comme un annonceur de tramway, tout le monde vide son sac de souvenirs, on fait sonner la cloche, gling-gling et on repart à neuf. C'est ce qu'il espérait avoir le courage de faire, au bord de la Charente, devant la Corderie Royale dans laquelle on avait dû tresser autant de cordes pour se pendre que pour faire voguer les bateaux.

Il s'arrêta pour contempler les bâtiments.

Si j'étais né à cette époque, pensa-t-il en résistant encore à l'idée d'un changement, j'aurais peut-être été le bâtard d'un roi.

Il s'imagina éloigné de la cour, placé en garçon de ferme à chemise blanche, rentrant les foins la fourche à la main et la paille à la bouche, buvant du vin dans des timbales et sautant des soubrettes dans des greniers d'étable.

Il fut un peu surpris de réaliser à quel point quatre siècles d'histoire l'avaient si peu changé, et prêta une nouvelle fois cette raison à son absence de mère qui, de tout temps, avait conditionné son histoire.

Il allait falloir qu'il change ça aussi, ses souvenirs du XVIIe, qu'il laisse tomber la paille aux dents, la soubrette et les sabots et qu'il se montre en phase avec son époque.

En avançant vers l'allée de palmiers, il estima que c'était plutôt ça qu'il lui fallait : Sunset Boulevard, une décapotable et une paire de Ray-Ban, le golden boy de n'importe quoi qui s'est fait tout seul, sans parents, pour l'Amérique rien d'exceptionnel. Le tout était de trouver le moyen pour que ça lui arrive.

Il s'appuya contre le tronc d'un arbre et leva son visage vers le soleil.

Provoqué par la brise qui agitait toujours les bords du fleuve, il savoura le doux murmure des palmes au-dessus de sa tête. À l'orphelinat aussi, il y avait des palmiers. Il aimait la musique provoquée par la lente frappe de leurs grandes mains de fibre, leur allure de voyage et leurs corps recouverts de poils auxquels on pouvait s'accrocher, et caresser comme des sexes de femmes qu'on n'a jamais vus.

Il prit la direction du banc qu'il avait occupé le premier jour et s'y assit. C'était une belle journée pour y faire ses adieux.

— Ah ! Aujourd'hui il est là… entendit-il, surpris que les deux femmes âgées qui s'avançaient vers lui aient haussé le ton à son intention. Il reconnut Ramsès en premier.

— Ah ! Ramsès ! fit-il en se levant, visiblement aussi content que le chien de connaître quelqu'un sur cette planète.

Ils firent un peu la fête, puis Nicolas s'excusa en se redressant pour saluer les deux dames.

— Je vous présente ma voisine, Mme Paulin, dit la propriétaire de Ramsès qu'il avait prise pour sa mère la première fois, ce qui aurait fait de Ramsès son frère, c'est dommage.

Il regarda le chien avec attendrissement, prêt à lui faire un clin d'œil d'aîné complice lorsque la flèche se figea en lui. C'est l'impression que la phrase fit sur lui.

Il resta pétrifié et dit sans s'excuser d'interrompre la présentation que la mère de Ramsès continuait de faire de sa voisine :

— Qu'est-ce que vous avez dit ?

Surprise, celle-ci stoppa immédiatement son débit, mais satisfaite d'avoir obtenu plus d'attention que son chien, elle reprit :

— Je disais donc que Mme Paulin était sage-femme à la maison maternelle quand vous êtes né.

Il tourna son regard vers Mme Paulin aussi lentement qu'un vieil automate fatigué :

— Quand je suis né ? Elle fit oui de la tête. Mais
comment le savez-vous ? ajouta-t-il, plus méfiant
envers le possible qu'envers son contraire.

— À cause de votre nom. J'ai vu votre annonce.
Ça m'avait marquée à l'époque.

Devant son air stupéfait, elle ajouta :

— Ce nom. Parce que moi, je suis pas sûre que
c'était ça qu'elle disait. Elle précisa : M'enfin c'est
vrai qu'elle disait rien d'autre.

— Qui ça ? Ma mère ?

— Oui, votre mère.

— Vous étiez là le jour où ma mère a accouché ?

— Oui, monsieur, c'est ce qu'on est en train de
vous expliquer, dit-elle.

Malgré son trouble, il apprécia le « monsieur »
qui lui rendait un peu de la dignité manquant à
l'événement mais il se sentit brutalement terri-
fié de ce qu'elle pourrait lui apprendre, maintenant que son enquête était close, maintenant qu'il
commençait tout juste à apprécier que ça ne serait
pas plus mal comme ça.

Il aurait voulu que La Fugue vienne le chercher, là tout de suite, qu'elle lui prenne la main et
l'entraîne en courant jusqu'à sa voiture. Il aurait
roulé et plongé la tête la première dans les vagues
de Royan. Peut-être ne l'aurait-il même jamais
ressortie.

Il se sentit barbouillé. Il avait mal au cœur.

— Vous la connaissiez ?

— Non, répondit-elle.

Il se demanda où elle voulait en venir.

— Alors qu'est-ce que vous allez me dire ? Est-ce que vous savez au moins pourquoi elle a fait ça ?

S'il se mettait à fuir ou à vomir, qu'il perdait la raison ou la trace des deux femmes, c'était la seule question qui importait encore. C'était celle qui justifiait le voyage.

Mme Paulin se douta que c'était de son abandon dont il voulait parler, parce que c'était toujours de ça qu'ils voulaient parler, les enfants nés sous X. Pauvres gosses ! Y'en avait quasiment pas un qui faisait pas une demande. Plutôt vers vingt ans en général, mais souvent bien plus tard. C'est Mme Rémy aux dossiers, qui le lui avait dit.

Ça se passait quand même mieux quand ils étaient adoptés. Ils prenaient un nouveau nom, un nouveau départ, ils avaient une famille qui les aimait et répondait à leurs questions. Mais quand ils étaient placés, comme lui, de familles d'accueil en foyers parce que ça n'allait jamais, ça finissait toujours par vouloir comprendre.

— Monsieur, répondit-elle, j'étais juste sage-femme et c'était il y a longtemps. Je ne sais rien de vous. J'imagine que vous avez fait des recherches administratives et que vous n'avez pas obtenu de réponse aux questions que vous vous posez. Là-dessus je ne peux pas vous aider. Ce qui s'est passé, c'est que quand j'ai lu votre annonce dans la gazette, ou vous parliez de votre naissance, avec l'année, le lieu, je me suis souvenue de vous. À cause du nom. Faut pas vous faire d'idées. C'est juste ça qu'on voulait vous dire, Hortense et moi.

Nicolas, interloqué, regardait Mme Paulin en espérant que ça ne serait pas plus grave que ça. Le simple récit de son accouchement peut-être. Il n'avait pas tellement envie de l'entendre mais tentait de se persuader qu'il devait en passer par-là. À moins que sa mère n'y ait trouvé la mort. Mais alors il pensa qu'on le lui aurait dit.

— Voilà, reprit-elle. Quand j'ai lu votre message et que je me suis rappelée de vous, enfin de votre mère surtout, je me suis tout de suite dit : Pauvre gosse y' fait fausse route. Ta lettre elle était gentille, lui dit-elle en associant ce soudain tutoiement à une petite tape amicale sur la cuisse mais de ce que j'en ai vu, ta mère, je crois que tu perds ton temps à la chercher. C'est ce qu'on s'est dit à force de voir ton annonce avec Hortense, hein ? lui lança-t-elle, tandis qu'Hortense caressait Ramsès, sa dernière adoption.

« Alors quand elle m'a raconté qu'elle t'avait rencontré, que t'en étais arrivé à la chercher dans la ville et à interroger les passants, elle m'a dit qu'il faudrait peut-être qu'on ait le courage de te le dire…

« Moi au début j'étais pas pour… mais c'est vrai que si ça peut t'aider à tourner la page… un beau gars comme toi ! Allez, lui dit-elle avec une nouvelle tape sur le genou, faut aller de l'avant mon garçon. Je crois que ta maman, si tu veux que je te parle franchement, elle était un peu simplette, et je suis pas bien sûre qu'elle ait compris ce qui lui arrivait. Elle faisait que répéter "Nicole a aimé, Nicole a aimé" comme si ça servait d'excuse à sa grossesse. Elle avait dû tout simplement aimer un homme ou bêtement tomber amoureuse, et puis plus rien comprendre à tout ce qui s'ensuivait. Quand on lui a demandé si elle voulait te donner des prénoms comme le propose la loi, elle a pas changé de disque. Je me souviens que tout le monde était pressé ce jour-là, on avait du boulot, et le médecin a décrété à l'employée administrative qu'elle n'avait qu'à marquer ce que votre mère répétait : Nicolas et Aimé en deuxième prénom.

« Moi, sur le coup, j'ai rien compris ! C'est pour ça que ça m'a frappée. J'y avais pas pensé. Toute la journée, j'ai répété ça lentement : Nicole-a-aimé et Nicolas Aimé pour vérifier que ça faisait bien pareil.

« Ça m'est resté.

« Une pauvre fille voilà ce que c'était, qui si elle est toujours en vie doit même pas se souvenir de ce qui lui est arrivé. Alors faut que tu te fasses une raison, mon garçon, et que t'ailles de l'avant. Faut que tu la tournes cette page-là, et que tu penses à toi.

« T'habites où ? Maintenant ? ajouta-t-elle, comme si elle l'avait seulement perdu de vue depuis ce jour-là. »

Haine A. Voilà ! C'est désormais comme ça qu'il se présenterait, en abrégé. Les initiales de son nom à vomir debout : c'était tout ce qu'il avait eu le temps de faire : se lever et courir gerber contre un arbre, gerbe de fleurs, gerberas, malgré ses bonnes résolutions c'était tout son passé qui lui était remonté dans le gosier. Surtout c'était ce nom, qu'il avait vomi comme un sortilège imprononçable…

Ce n'était plus un nom d'ailleurs, mais une phrase, composée d'un verbe qui le hantait et d'un sujet qui n'était même pas lui.

Il se la répéta néanmoins une dernière fois : Nicole a aimé… avec la persistante impression de n'être estampillé que du produit d'un acte. L'acte d'une simplette qui n'avait rien compris à ce qui lui arrivait.

Restait-il, à présent, la moindre chose de lui ?

Après s'être vidé contre l'arbre, il était revenu sur ses pas et avait eu envie de les frapper l'une contre l'autre, sa fausse mère et la tarée de sage-femme. À cause d'elles, il se sentait foutu.

S'il s'était retenu c'était grâce à Ramsès, qui ayant senti sa colère s'était mis à aboyer comme un fou, ou comme un frère qui vous répète Fais pas ça Nico, fais pas ça !

Ça lui était déjà arrivé, d'écouter des faux-frères, des frères de cinq minutes qu'il avait eus pour six mois ou un an. Des sympas à qui il avait eu envie de plaire, si rarement pris au piège de vouloir être aimé.

Il s'était contenté de les bousculer en hurlant : Foutez le camp ! Laissez-moi ! et il avait tapé le sol d'un grand pied devant Ramsès pour le faire taire. Embarrassées et terrorisées, elles avaient d'abord tenté de le raisonner puis elles avaient fini par céder en tirant le chien derrière elles, face à l'insistance ferme mais moins agressive de l'homme qui s'était rassis sur le banc et qui ne voulait plus jamais s'appeler Nicolas Aimé.

À présent Haine A roulait, un peu vite, sur la quatre voies en direction de Royan. Il venait de franchir le pont suspendu en jetant un coup d'œil à son voisin, l'ancien Transbordeur qui était rose dans son enfance quand il passait dessus en autocar, à cause d'un film qui avait été tourné et qui s'appelait *Les Demoiselles de Rochefort*, mais pour lui les Demoiselles de Rochefort c'étaient toutes des méchantes qui remplaçaient sa mère.

Il avait enclenché Trust dans le lecteur CD, et attendait que les paroles : Antisocial, tu perds ton sang-froid, l'aident à faire basculer l'oppression qu'il ressentait en agressivité. Il ne savait plus s'il en voulait à sa mère, à ces deux femmes, à l'État ou au monde entier, il était mal, mal, mal, il aurait bien fumé une cigarette mais il n'en avait pas, il aurait voulu foncer dans un mur mais la route était large, droite et dégagée en appuyant un peu il allait peut-être finir par décoller.

En approchant de Royan la circulation s'intensifia et Haine A se mit à vérifier un curieux phénomène de vases communicants : ralentir suscitait une irrépressible montée de larmes que déglutir en accélérant absorbait. Pour chasser cet effet, il adopta une conduite nerveuse et saccadée, provocante. Il collait la voiture devant lui, il doublait, il accélérait plein pot, il se rabattait, pilait, zigzaguait...

Ah là oui il existait Haine A ! Regardez-moi ça ! Un vrai spectacle de son et lumière ces appels de phare qu'on lui fait avec des coups de klaxon, son sourire idiot et malheureux, son envie de se venger, idiote et malheureuse, de tous les types capables d'abuser d'une simplette, et de lui faire dire qu'elle a aimé ça. On aime bien nous, pensa-t-il en se rabattant brutalement, quand elles disent qu'elles aiment ça. Eh bien voilà le résultat les gars, le produit des pulsions de vos queues et de vos cerveaux ramollis, un spermatozoïde taré qui vous dépasse, vous évite et vous freine mais qui finira par vous tuer.

Il bifurqua à cent dix à la première bretelle sur sa droite, ayant lu Saint-Supplice au lieu de Saint-Sulpice-de-Royan. Au loin ça klaxonnait encore, mais c'était lui le martyr, le saint que la commune attendait.

Il dut ralentir à l'entrée du bourg, c'était jour de marché, il avait les yeux pleins de larmes et il tremblait. Il s'arrêta pour laisser traverser un vieux gâteux qui portait un paquet de gâteaux à hauteur des yeux tenu par une ficelle comme si c'était une bombe à retardement.

Il traversa le bourg secoué de spasmes et de convulsions, à présent le panneau du Supplice était barré de rouge, il en était sorti, il accéléra mais les larmes maintenant ne partaient plus. Il voyait trouble, un rictus lui déchirait le visage, un cri res-tait étranglé dans sa gorge, et cette route putain, cette route il la connaissait, cette série de boucles et de virages, n'était-ce pas celle de l'accident ? Il laissa sa voiture dévaler plus ou moins toute seule le premier chemin caillouteux qu'il trouva sur sa droite. Il avait l'impression d'être sur une barque secouée par la houle. Il avait de nouveau envie de vomir.

Quand il se décida à ouvrir sa vitre, ce fut une forte odeur de charogne qui lui parvint et c'est le bruit de son brutal coup de frein sur les cailloux qui fit aboyer les chiens et lever la tête des chevaux.

Rose était accoudée à la barrière et regardait l'absence de Sandra dans le pré.

La jument n'y était plus et Rose ne voyait que ça. Ce blanc qui manquait. Claire effeuillait d'un air triste une pâquerette à ses côtés, sans comptabiliser l'importante somme d'un amour inutile qui tombait en pétales à ses pieds.

L'équarrisseur venait d'emporter le corps dans un camion puant la mort, et la nature entière ployait encore sous la violence du parfum.

Le chauffeur, un homme petit et gras à la fine moustache de malfrat, avait en actionnant des boutons commandé un dinosaure géant qui s'était emparé du corps sans vie de Sandra pour l'emporter dans les airs et le laisser retomber dans le camion, parce que ça prenait moins de temps sans doute que de faire redescendre la tête du dinosaure dans la benne pour y déposer la jument plus délicatement. Mais Rose et Claire n'avaient pas eu besoin de se consulter du regard pour savoir que « délicatement » était une attention ignorée de cet homme échappé d'une chanson de Brel, et l'avaient regardé faire en témoins convaincus que « chez ces gens-là monsieur, on ne pense pas ».

Rose s'était concentrée sur les dernières paroles du vétérinaire venu tôt ce matin « à partir de maintenant Rose c'est un cadavre vous m'avez bien compris » et c'était un cadavre qui avait heurté la benne parce que le chauffeur n'avait pas relevé assez haut la première fois, et c'était un cadavre qu'il avait laissé retomber à l'intérieur dans un vacarme résonnant, pas Sandra, dont l'âme était toujours là.

Elles étaient encore figées dans le silence par le choc du spectacle quand elles entendirent le crissement des pneus et qu'elles virent les chevaux lever la tête d'un coup et les chiens partir en courant vers le portail.

La voiture était arrêtée, à moitié en travers, et dans un premier temps elles ne virent pas de conducteur. Lorsqu'elles l'aperçurent, il était agenouillé près de la porte du véhicule restée ouverte. De loin il donnait l'impression de prier, mais au fur et à mesure qu'elles approchaient il paraissait plutôt être victime d'un malaise. Il se balançait d'avant en arrière en se tenant l'estomac et semblait cracher des jets de bile, entre deux éclats de larmes.

Rose rappela Bonnie et Clyde, et jeta à Pomélo le morceau de carotte qu'elle avait encore à la main à l'instant où il allait se mettre à braire.

Les deux femmes s'étaient arrêtées, intimidées par des sanglots livrés sans retenue et par le râle qui les accompagnait. L'embarras les retenait d'approcher davantage.

L'homme, toujours à genoux, était penché en avant, et ses mains comme deux araignées géantes tentaient de dégager son visage pris dans des toiles, des filaments de bile, de morve mêlée de pleurs.

Elles n'étaient pas certaines qu'il eût conscience de leur présence.

Il ne paraissait pas blessé, ni en danger. L'air empestait toujours la charogne.

— Décidément... dit Claire avec son art de trouver le mot juste.

Rose s'avança vers l'homme.

— Vous voulez que j'appelle un médecin ?

Il ne répondit pas, puis tourna vers elle un regard vide, dont il eût été difficile de préciser s'il était surpris, hagard, ou même habité. On l'aurait dit tombé d'ailleurs. Sans la voiture à ses côtés, on aurait pu imaginer qu'il avait été lâché par un objet volant, une soucoupe, un tapis, un ULM, ou bien par une cigogne qui aurait tardé à s'en séparer.

C'est malin. Rose se dit qu'à force d'avoir laissé Claire délirer à propos de l'annonce pour un oui pour un rien, elle se sentait incapable de regarder cet homme sans se demander si c'était lui. C'était absurde, évidemment mais il ressemblait à l'idée qu'elle s'en était faite.

Elle en voulut à Claire. Sans ses dizaines de questions et son insistance à vouloir rendre vrai ce qui n'était pour Rose qu'une idée poétique sur l'effet de l'absence, elle n'y aurait jamais pensé.

C'était un homme qui avait reçu une mauvaise nouvelle, il avait perdu son emploi ou bien s'était disputé avec sa femme, il avait pris la voiture et roulé, il s'était perdu ou volontairement isolé, il n'allait pas tarder à reprendre sa route.

Elle, elle habitait au bout d'un chemin qui ne menait nulle part, ça n'était pas pour qu'on la trouve et d'ailleurs elle n'avait rien demandé.

Mais tout de même, pensa-t-elle en attendant toujours la réponse à sa question, c'était quand même curieux que la vie lui envoie, aujourd'hui, un homme qui vient vomir son désespoir devant chez elle. Elle haussa les sourcils et en arriva même à se demander si garder une annonce trop longtemps ça pouvait donner ça.

Cette idée la contraria.

Elle répéta sa question, à propos du médecin.

— Non, murmura-t-il. Peut-être un peu de ventoline. Dans ma boîte à gants, ajouta-t-il à court de souffle.

La voiture était banale, sans personnalité, la voiture de quelqu'un qui s'en fout, des voitures. La marque, la couleur et celle des sièges aussi.

Rien ne pendait du rétroviseur, Rose se dit qu'elle ne s'était jamais posé la question de la voiture de Nicolas Aimé, comme s'il se fut agi de celle de Ken, la voiture qui va avec le personnage, non, elle n'y avait pas réfléchi une seconde.

Ce qui était plus curieux, c'était que Claire n'en ait pas eu l'idée. Elle qui passait son temps à inventer des jeux, comment ne l'avait-elle pas entraînée à deviner quel était son véhicule, son métier ou sa couleur préférée ? Ni l'une ni l'autre n'avait cherché à le sortir de son annonce, aussi rien ne compromettait encore l'idée que c'était à l'auteur de cette lettre qu'elle tendait un aérosol.

Il s'envoya deux bouffées et fit un mollasson merci de la main. Il était toujours assis dans l'herbe et avait ramené ses jambes en tenant ses genoux au-dessus d'une flaque de vomi pour la masquer. Il se forçait à regarder au loin en fronçant les sourcils et en serrant les dents et les poings mais ça ne marchait pas très bien. De grosses larmes se mirent à couler en silence de part et d'autre de son visage, et tout à coup, il se laissa basculer sur le côté.

— Vous êtes sûr que ça va aller ? demanda Rose.

Tout en déplorant la banalité de sa propre question, elle estima qu'il pourrait faire l'effort d'une réponse.

Il était par terre, replié sur lui-même, comme un fœtus tremblant qui préfère mourir étouffé dans ses larmes et dans son plasma que de sortir. Pourquoi ça ne s'était pas passé comme ça, pensait-il, pourquoi n'était-il pas mort à la naissance, ça n'aurait rien enlevé au fait que Nicole ait aimé – il lui accordait cette expérience – mais au moins il n'existerait pas, et surtout, il ne s'appellerait pas du nom de sa découverte.

Son chagrin faisait peine à voir et Rose malgré sa froideur naturelle s'accroupit près de lui et posa une main sur son épaule. Elle la pressait, en signe de réconfort, mais également pour tenter d'apprécier les yeux fixés au sol avec la concentration d'un médecin qui ausculte, s'il y avait le moindre risque pour qu'il fût bel et bien celui qui était né le 12 avril 1969 à la maison maternelle de Rochefort-sur-Mer sous le nom de Nicolas Aimé et qui cherchait à retrouver celle, à cause de qui sans doute tout était arrivé.

Le soleil était passé de l'autre côté du bois et il faisait plus frais. Une légère brise avait chassé la terrible odeur de mort, peut-être avait-elle emporté

aussi les touffes blanches des poils de Sandra, lais-
sées par poignées sur l'herbe contre laquelle elle
s'était tant battue la nuit dernière.

Rose imaginait les petits moutons de poils
rouler au fond du pré, passer sous la clôture et
s'en aller.

Elle se laissa tomber par terre et cueillit entre
ses jambes une herbe plate qu'elle se mit à dépiau-
ter en filaments, les coudes posés sur les genoux.
On aurait dit qu'un coup de cafard venait, tel un
insecte, de lui heurter la tempe.

Il était toujours allongé en chien de fusil à ses
côtés mais il ne pleurait plus. Il avait l'air épuisé.
Il regardait l'herbe devant lui ou bien était-ce ce
petit insecte qui montait et descendait le même
brin, et se perchait parfois à son sommet en agitant
ses antennes pour appréhender l'horizon, un horizon juste devant lui un horizon tout petit, comme
le sien, pensait-il sans doute.

— Pardon de vous dire ça, dit-elle en se levant,
mais je n'ai pas dormi de la nuit. J'ai veillé ma
jument qui est morte, précisa-t-elle pour qu'il ne
se méprenne pas sur la nature de la soirée. Je vous
propose d'entrer chez moi vous reposer, boire
un verre ou manger quelque chose mais… ça ne
me paraît pas très raisonnable que vous restiez
comme ça.

Pour elle c'était la seule raison valable, le reste était absurde, elle ne voulait plus y penser une seule fois, elle avait bien fait hier soir de dire à Claire de jeter cette annonce.

Il était figé dans sa position, seuls les yeux étaient mobiles, il avait changé de brin d'herbe, l'insecte était parti. Il se dit que s'il avait été aussi petit que lui, là, il serait dans la jungle, et que pour se faire un chemin, il contournerait ces grosses mottes par le côté au lieu de les escalader ; que s'il était un insecte, il s'en sortirait mieux.

— Merci, mais je suis bien là.

Rose redescendit le chemin, et ouvrit le deuxième battant du portail, poliment, au cas ou il changerait d'avis.

Elle se dirigea vers Claire en exagérant la lourdeur d'une démarche fatiguée et ses bras ballants, pensait Claire, on se demandait s'ils n'allaient pas tomber jusqu'à par terre.

Mais elle pouvait faire le gorille ou même n'importe quoi, malgré ses traits tirés, ses yeux fatigués, et le ruban qui pendait de son chignon défait, elle la trouvait jolie. En la voyant s'approcher, Claire fut heureuse de constater qu'une expression de perplexité avait adouci la tristesse de son visage.

— Je ne sais pas quoi vous dire, lui dit-elle curieusement essoufflée comme si tout a coup l'asthme, ça s'attrapait. C'est un gars qui a pas l'air bien, il pleure à moitié, enfin là ça a l'air d'aller mieux, dit-elle en se retournant vite fait, il parle pas, bon je pense qu'il va se reposer un moment et qu'il va s'en aller.

Rose se montrait pressée de se débarrasser du portrait et se remit en marche vers la maison.

— Je vais prendre une douche, là j'en peux plus, déclara-t-elle, vous voulez pas nous préparer un truc à boire ? Un truc un peu costaud hein ?

Claire la suivait, les yeux rivés au sol, en se demandant si un jour Rose la tutoierait. Elle avait plein de questions à lui poser, c'est dommage, ça n'avait pas l'air d'être le moment.

Sans lever les yeux elle proposa de continuer à la tequila, ça lui évitait de réfléchir.

— Parfait ! lança Rose qui commençait à se déshabiller dans la salle de bains.

Claire s'immobilisa derrière la porte presque close.

— Dites ? C'est quand même pas lui par hasard ?

Rose s'interrompit. Elle se tenait debout devant la glace, les cheveux défaits et en soutien-gorge, sa chemise à carreaux à la main.

— Lui qui ? dit-elle en fixant son reflet dans le miroir.

— Ben lui ! Le gars de l'annonce, Nicolas Aimé quoi !…

Claire rapprocha son oreille de la porte. Comme Rose ne répondait pas, elle enchaîna :

— Vous savez ce que je me suis dit ? Parce que je vous observais en donnant le foin – au fait, j'ai tout fait, j'ai rempli les abreuvoirs et rechargé le box de Pomélo en paille – je me suis dit voilà : Ce type a passé son annonce et comme il n'a pas retrouvé sa mère, ben il est venu lui-même à Roche-fort, pour aller jusqu'au bout de son enquête, et là, il a appris une mauvaise nouvelle ou il n'a rien trouvé ou bien il a fini par la rencontrer et c'était une grosse bonne femme horrible et insensible, atroce, une sorcière ou…

— Non mais ça va pas ! lança Rose de l'inté-rieur de la salle de bains. Vous feriez mieux de vous remettre à vos ronds-points ! On avait dit qu'on en parlerait plus ! C'est même à vous que ça posait des problèmes !

Claire entendit le chauffe-eau s'enclencher. Elle se sentait fautive, et stupide. C'est vrai, à cause d'elle on allait arrêter le jeu alors que la pièce maî-tresse était peut-être devant la porte, c'était trop bête, et puis ça n'engageait à rien de continuer un peu.

— Allez ! juste cinq minutes encore, promis ! Elle serrait ses petits poings. Si c'est pas lui on n'en parlera plus ! promis ! répéta-t-elle. On va bien finir par le savoir !

Rose fermait les yeux en laissant l'eau chaude lui couler sur les cheveux et le visage. Elle avait mal partout, ça n'était plus de son âge de dormir dans des conditions pareilles. Elle savonnait son corps en pensant à la jument, à la magique étrangeté de cette nuit, c'est pas vrai que Claire allait continuer à la harceler avec son histoire, et cet homme bouleversé, ce serait bien qu'il s'en aille.

— Enfin à Rochefort, ça s'est mal passé, c'est sûr, reprit Claire. Du coup, il est remonté dans sa voiture, il a roulé, il était trop mal pour rentrer chez lui et… il a atterri là.

Elle jugea sa chute un peu courte pour intéresser Rose, et après s'être mordillé la peau d'un doigt ajouta par-dessus le bruit de l'eau :

— Il a peut-être une sorte de GPS programmé a retrouver les personnes qui s'intéressent à lui !

Derrière la porte, Rose leva les yeux au ciel en attrapant une serviette.

— Est-ce que ça fait cinq minutes ? lança-t-elle lorsqu'elle en fut à se rhabiller.

Claire émit un petit sourire de bonne joueuse dont le temps écoulé n'a pas permis la victoire, et s'en retourna vers la cuisine en traînant des pieds. Elle fit un petit détour par la baie vitrée, la voiture était toujours là mais d'ici, l'homme, elle ne le voyait pas.

Elle entendit soudain plus nettement les bruits de la salle de bains, Rose avait dû ouvrir la porte en grand, et abandonna vite son poste pour se mettre à couper des citrons verts. Elle versa un bac de glaçons dans le mixer, le Cointreau, le jus des citrons, la tequila, encore un peu la tequila, le referma puis appuya sur le bouton. Les deux mains posées sur le couvercle, elle était persuadée que le bruit du mixer couvrait ses pensées. Elle observait Rose ranger la partie salon. Elle ramassait une fringue ici ou là, et tapotait les coussins du canapé. Elle marmonna quelque chose à propos du sable et se mit à balayer avec les petits outils de poupée qui vont avec les cheminées.

Claire emporta le plateau sur la terrasse. Aussitôt assise, Rose se releva et tourna sa chaise, sans doute pour éviter de faire totalement face au pré.

Elle but une longue rasade bien fraîche et suçota le sel sur ses lèvres.

— Hum… vous la faites presque aussi bien qu'à *La Réserve*, déclara-t-elle sans lâcher son verre.

Connaissant l'engouement de Rose pour cet établissement dont la patronne, une dénommée Mimi, était son amie, le compliment bien qu'un tantinet retenu restait flatteur.

Claire, à présent obsédée par l'incroyable tournure que pourraient prendre les événements si jamais l'homme devant la porte était celui de l'annonce, cherchait quelque chose à dire.

— Merci, j'ai mis pas mal de citron, fut son maximum.

Elle se mit à dessiner en silence de petits ronds humides sur le bois chaud avec le fond glacé de son verre.

Rose roula une cigarette, puis l'alluma. À chaque fois que Claire jetait un coup d'œil vers elle, elle la trouvait en train de souffler la fumée le plus loin possible avec un air absent. Alors elle baissait la tête et refaisait des ronds en attendant un moment plus propice pour lui demander si elle avait vu le visage de cet homme et comment il était.

Lui, pendant ce temps, appréciait d'avoir la tête posée sur le sol. Il se prenait pour le taureau qui va mourir dans la chanson de Francis Cabrel.

« Andalousie je me souviens, les prairies bordées de cactus… » ça ressemblait à ici. Un bel endroit pour une fin de corrida.

Que dirait-il lui dans sa chanson ? Orphelinat je me souviens ?

Rose n'était pas partie depuis dix minutes qu'il avait réalisé cette chose étonnante : aucune femme ne serait plus jamais sa mère. Plus forte que la décision qu'il avait prise, c'était devenu une vérité. Mais est-ce que c'était mieux ?

Il eut peur que ça lui manque. Avant, il avait pu imaginer que sa mère existait et que pour elle, il existait aussi.

Il avait lu des témoignages quand il avait fait des recherches sur le net.

Les messages de ces femmes s'infiltraient partout avec l'insistance de témoins principaux à un procès qu'on n'a pas invités mais qui forcent les portes pour se faire entendre.

Il avait appris que certaines d'entre elles n'avaient pas eu d'autre enfant, et que la plupart pensaient chaque jour à cette partie d'elles-mêmes dont elles ne savaient rien.

Il en était resté abasourdi.

Il avait eu envie que sa mère leur ressemble, et s'était souvent endormi en cherchant le moyen de lui écrire une lettre.

Avant, il aurait certainement envisagé que cette femme qui s'était accroupie près de lui et avait posé la main sur son épaule, ce fût elle.

Mais à présent c'était sûr, il n'y avait personne, qu'une simplette sans conscience perdue dans l'univers.

Pourquoi n'était-il pas né simplet lui aussi ? Il n'aurait rien compris, il aurait souri à la vie et dit Maman à toutes les femmes avec un air ravi. On le promènerait encore en le tenant par la main, on lui rattacherait ses lacets, on lui dirait toujours ce qu'il faut faire, ce serait bien.

Il observa deux mouches copuler sur une tige. Vivre paraissait si simple.

Il ressentit la fraîcheur de l'ombre du bois. Depuis que cette femme l'avait laissé, il avait froid. Elle lui avait proposé d'entrer mais pourquoi ? Il repensait aux courses folles avec La Fugue, cette inconscience, cette légèreté, cette absence de raison, maintenant il savait d'où ça venait.

Désormais elle était à court d'idées La Fugue, elle était morte. Elle s'était échappée par la fenêtre de la voiture au plus haut point du viaduc de la Charente, face au pont Transbordeur, va savoir pourquoi c'est là qu'elle avait décidé qu'elle ne pouvait plus rien pour lui. Elle s'était jetée du pont avant d'atteindre l'autre rive et d'un coup tout avait dégénéré, il s'était senti seul, largué et sans avenir, il avait tout fugué, il ne restait plus que lui.

Il se demanda s'il n'était pas en train de devenir fou, et se laissa deux choix : celui de se supprimer tout de suite, ou celui de se faire soigner.

Il appréhenda le nom qu'il aurait à donner. Il avait perdu jusqu'à son identité qui, même si elle n'en avait pas toujours été une, n'avait jamais atteint ce point d'abomination et provoqué cet effet de dégoût.

Il entendit des chevaux hennir dans le lointain et un merle siffler dans le bois tout près de lui. Il se redressa, l'épaule endolorie, et aperçut un rapace qui planait juste au-dessus de sa tête. Il maintenait une proie dans ses serres. Il observa avec fascination le temps que durait cette suspension dans le ciel sans battre des ailes. L'oiseau donnait l'impression d'offrir à son passager un survol calme et tranquille de ce qui avait été sa vie.

Il alla jusqu'à envier ce mulot emporté dans les airs de connaître un dernier grand frisson avant de finir déchiqueté en portions pour transmettre la vie à une nichée de faucons.

Il regarda l'hacienda de Rose.

C'était beau, on se croyait au Mexique. Il avait de la chance d'avoir atterri là, il aurait pu se retrouver chez des vieux qui lui auraient tiré dessus ou lâché les chiens. Ici il était bien, assis tout seul devant ce paysage. Ça lui rappelait la ferme où il s'était caché avec La Fugue et la gamine qui donnait à manger aux chatons.

Sylviane-Sylvia… il avait déjà fait le rapprochement, quasiment le jour où il avait rencontré la seconde, persuadé que cela ferait d'elle la complice d'une nouvelle vie, avec ou sans chatons.

Il pensa qu'il aurait aimé retrouver cette grange où cette fillette, lui et les chats se cachaient d'un monde dont la violence les guettait à la porte.

Il se demanda ce qu'elle était devenue. Si elle vivait toujours dans la région, entourée de mille chats.

Il lui aurait fait savoir que lui non plus n'avait pas trop changé. Qu'il était resté le petit garçon fugueur assis sur une colline qui se balance d'avant en arrière, les genoux enserrés dans ses bras, en mâchonnant sa solitude et un monde qui s'amuse sans lui.

Claire se tenait debout, le pichet de margarita à la main.

— On s'en refait une deuxième pour boire au temps qui passe ?

Le propos parut sortir Rose de sa torpeur.

— Pourquoi au temps qui passe ? demanda-t-elle en tendant son verre.

— Parce que plus il sera passé, dit-elle en versant cette fois dans le sien, plus vous serez peut-être disposée à me parler un peu du gars devant la porte.

— Oh là là, oui c'est vrai… Vous voulez pas aller voir s'il est toujours là ?

Claire se demanda s'il était vraiment possible que Rose l'eût oublié.

Trop contente qu'elle veuille bien lui confier une mission, elle dévala l'escalier et, malgré une légère ébriété, longea la maison d'un air concentré. Elle tâchait de s'appliquer tout en gardant à l'esprit que ce n'était pas parce que Rose semblait disposée à reprendre le jeu, qu'elle envisageait qu'il fût le même homme que celui auquel elle-même pensait.

Elle ralentit au bout de la façade, sachant que s'il n'avait pas bougé, de là ils pourraient se voir. Elle fit encore un mètre ou deux en regardant dans cette direction puis se retourna brusquement et revint sur ses pas en courant, l'air d'avoir oublié quelque chose.

— Il est encore là ! Il est encore là ! dit-elle en montant les marches à toute vitesse.

— À l'air naturel que vous avez pris pour faire demi-tour, je vous avoue que j'avais deviné. C'était vraiment pas discret. Qu'est-ce qu'il fait ?

Rose avait ce ton professoral que Claire n'aimait pas, mais elle préféra faire la servante que de risquer la partie.

— Rien. Il est assis, il regarde au loin, du coup il regardait vers moi, c'est pour ça, je me suis trouvée bête.

— Ça ! ne put s'empêcher d'ajouter Rose qui s'en voulait déjà de marquer des points aussi facilement. Bon, reprit-elle, il a pas l'air trop mal ?

— Non… Elle hésita. De là je pouvais pas trop dire mais non. Il est assis, il regarde au loin…

— Au loin, c'est déjà mieux que l'herbe devant soi, décréta Rose qui après deux verres de margarita se contentait d'une philosophie abordable à tous.

Claire en profita pour gagner du terrain.

— Il est comment de près ?

Rose y vit l'occasion de se radoucir, elle jugea que la question n'engageait à rien.

— Pas mal. Triste. Très brun. De jolis yeux.

Elle se garda d'évoquer tout rapport avec Manuel.

Claire apprécia que Rose ne se soit pas dérobée, il ne lui manquait à présent qu'une seule réponse pour commencer à installer le jeu et distribuer les pions. L'impatience s'en chargea.

— Ça pourrait être lui, vous croyez ?

Elles interrompirent brutalement la conversation en entendant une voiture démarrer, et tournèrent la tête en même temps dans cette direction. Elles reconnurent le bruit d'une marche arrière patinant sur les graviers en pente, et ressentirent un curieux soulagement, mêlé de déception.

— Oh c'est bête ! décréta Claire en tapant le bout de ses doigts sur le rebord de la table, on saura jamais si c'était lui, l'homme dont vous gardiez la trace, et qui ne l'a pas su…

Rose lui lança un regard foudroyant. Elle semblait, les sourcils froncés et un doigt levé pour arrêter le temps, guetter une information.

— Chut !! lui fit-elle au moment où Claire allait reprendre ses élucubrations.

— Qu'est-ce qu'il y a ? se contenta-t-elle de réclamer tout bas.

— Je ne suis pas sûre qu'il soit vraiment parti. Ça n'a pas fait de bruit assez longtemps.

Claire la dévisageait avec admiration, elle la sentait capable d'estimer la distance d'un troupeau de bisons une oreille collée au sol.

— Ah bon ? Vous voulez que j'aille voir ?

Elles restèrent un moment comme ça, à l'écoute, ne sachant plus très bien ce qu'elles attendaient, lorsque la cloche du portail tinta, un coup timide. Rose s'étonna. Depuis qu'elle avait fait installer un interphone, plus personne n'utilisait cet instrument au doux bruit de vache dans les alpages.

La chose contrariante, c'est qu'au lieu de pouvoir discuter à distance grâce aux vertus de la technologie moderne, cela obligeait à prendre les devants et entre la nuit blanche, la journée, la bizarrerie de ce type et l'alcool, Rose aurait volontiers opté pour la version courte du déplacement.

Les chiens, eux, ne lui laissèrent pas le choix et partirent comme des fusées, la contraignant à les suivre pour mieux les contrôler.

Elle traversa rapidement la maison et sortit.

— Entrez ! fit-elle de loin avec un geste de la main à l'homme qui se tenait debout à la grille, ne faites pas attention à eux, ils aboient pour un rien !

Oh merde, se dit-elle quand elle constata qu'il ne bougeait pas, elle était pieds nus, il allait l'obliger à faire une vingtaine de mètres sur les cailloux.

Lorsqu'elle fut assez proche, elle leva les yeux sur lui. Elle le trouva étrange, mais d'une beauté engageante.

— Qu'est-ce qui se passe ? demanda-t-elle en gardant un peu de distance.

Il faisait mine en écartant les bras et en secouant la tête de ne pas savoir par où commencer ou de ne pas comprendre ce qui lui arrivait.

— J'ai pas pu partir !

Il s'expliquait très mal, il cherchait ses mots, bégayait à moitié, il avait l'air aussi bouleversé que désemparé. De ce qu'elle comprenait, il lui était arrivé une chose horrible cet après-midi, il ne fallait pas qu'elle s'inquiète, mais l'idée d'aller quelque part l'avait complètement paniqué. Rose n'en avait rien montré, mais elle avait aimé qu'il ait ce sentiment. Il avait aperçu la grange, il était venu lui demander s'il pourrait y passer la nuit. Il précisa qu'il ne l'aurait pas fait sans autorisation avec une maladroite sincérité qui décrocha à Rose un sourire timide. Il ajouta que ça lui rappelait des souvenirs et qu'il avait la ferme intention de partir à la première heure.

Rose aurait préféré ne pas être confrontée à cette situation, mais elle ne se voyait pas non plus refuser l'hospitalité à un homme qu'elle ne parvenait pas à trouver dangereux. Après tout, dans la grange ça n'était pas dans la maison, elle ne prenait pas grand risque, et puis si on écoutait toujours les médias on finirait par ne plus jamais ouvrir sa porte.

Elle estima au passage que sa cohabitation avec Claire ne lui réussissait pas trop mal et qu'au point où elle en était de la journée, elle pouvait se montrer capable d'un nouvel effort.

— Je vais aller vous chercher un sac de couchage et un oreiller. Vous tombez bien, hier, c'était soirée camping ! ajouta-t-elle parce que, sans l'humour, elle serait morte depuis longtemps.

Tandis qu'il s'apprêtait à attendre sur le seuil, elle l'engagea à entrer.

— Vous allez bien boire un verre avec nous en attendant que la nuit soit tombée ? On est à la margarita, précisa-t-elle pour tenter de le séduire, en entrant dans la maison.

— Bonsoir, dit Claire en avançant vers lui – elle avait bien tenu six ou sept minutes sans venir voir à quoi il ressemblait – c'est même moi qui l'ai faite ! précisa-t-elle.

Elle croisa son regard et constata que Rose l'avait bien décrit, il était même mieux que ça.

Elle se dit que si jamais c'était lui, le type de l'annonce, ce serait dément parce qu'en plus il était beau, et se mit à insister pour qu'au moins, il goûte à son cocktail.

Lui, pendant ce temps, découvrait avec soulagement que le « nous » utilisé par Rose n'incluait que la présence de cette deuxième femme et pas celle d'un mari ; il ne se sentait pas le courage d'affronter le regard qu'un homme contraint d'avoir à le supporter aurait immanquablement posé sur lui.

Il se laissa guider à travers la maison, et prit place sur une chaise de la terrasse, sous l'eucalyptus.

Claire avait refait le service, elle paraissait enchantée de la tournure des choses, et leva son verre :

— Ben finalement… au temps qui s'arrête ! lança-t-elle en cherchant le regard complice de Rose qu'elle ne trouva pas.

Proposer un toast au temps qui s'arrête à un gars qui semblait au bord du gouffre, c'était toujours aussi peu malin de sa part. Claire dut s'en rendre compte et s'efforça de compléter sa pensée :

— Je veux dire à cet instant-là, tous les trois, c'est sympa…

Il esquissa un sourire poli et but une gorgée.

Les grenouilles se mirent à coasser dans la mare en contrebas et les grillons reprirent leur tournée des concerts d'été.

Après avoir allumé des bougies sur la table, Rose roula une cigarette et, maladroite à son tour, la lui proposa.

— Je devrais pas, répondit-il, mais j'en ai bien envie.

Il étendit le bras.

Elle se souvint qu'il lui avait demandé de la ventoline et s'en voulut déjà d'avoir mal jugé Claire, c'était sûrement la situation qui les rendait si gourdes.

Ils paraissaient tous les trois englués dans une mare de silence, alors Claire décida d'y jeter un pavé :

— Au fait, moi je m'appelle Claire !

Elle avait bien réfléchi, Rose avait raison, on n'allait pas tourner autour du rond-point cent sept ans alors qu'il suffisait qu'il donne juste son prénom pour qu'on en sache plus.

Lorsqu'il devina que venait son tour, le sourire disparut de ses lèvres et il baissa les yeux. Il resta un moment immobile, puis se tourna vers Claire en faisant non de la tête. Tandis qu'elle tentait de comprendre, il précisa :

— Je peux pas. Pour le moment j'peux pas, pardonnez-moi. C'est justement ça.

Il posa son verre sur la table et sa cigarette dans le cendrier et se leva, prêt à partir.

— Non, non. Rose l'obligea à se rasseoir. Si je vous ai proposé de boire un verre ça n'est pas pour que vous vous en alliez comme ça.

Elle adressa à Claire, qui la cherchait du regard, le pouce de la victoire. Celle-ci tenta de se rattraper :

— Je suis désolée, dit-elle, on n'est pas du tout obligés de se présenter.

Elle trouvait ça curieux, tout de même, cette attitude, pas vraiment rassurant.

Elle espéra un instant ne pas se tromper d'enquête, s'il s'agissait bien de Nicolas Aimé sa réaction était au contraire passionnante, mais si c'était un repris de justice qui préférait taire son nom, l'affaire était plus délicate. Elle se demanda alors comment il aurait atterri ici, et envisagea qu'une autre personne du quartier joue au jeu de l'annonce avec des sujets plus périlleux que le sien.

Elle se tranquillisa en pensant qu'elle était folle, et que si c'était un truand il aurait répondu : Moi c'est Bernard Lenoir, avec l'aplomb du gars qui n'a rien à cacher.

— C'est moi qui suis désolé, reprit-il, je n'ai pas à vous imposer ça. J'ai jamais été dans cet état.

Elles s'étaient raidies sur leurs chaises, et attendaient la suite les yeux rivés sur un point fixe différent pour chacune d'elles.

Tandis que Claire, un peu éméchée, se félicitait d'avoir mis en branle le jeu le plus excitant auquel elle ait jamais participé, Rose, après avoir cherché avec contrariété pourquoi elle supportait ces chamboulements chez elle, appréciait que celle-ci fut à ses côtés.

— Je viens d'apprendre une chose horrible sur mon nom. Je suis désolé, rien que d'en parler ça me donne la nausée.

Il porta une main à sa bouche.

En se levant, Rose posa une main sur son épaule et lui dit de prendre son temps.

— Je vous laisse finir vos verres, ajouta-t-elle, je vais préparer quelque chose à dîner.

Elle appuya également une main ferme sur l'épaule de Claire qui signifiait restez assise, et entra dans la maison.

Elle fut heureuse de s'y sentir seule un instant. Elle alluma deux lampes, puis décida de mettre de la musique.

Elle tria quelques CD sortis, douta que le « I'm not going anywhere » que Claire adorait fût de circonstance, ni que les prouesses verbales de Zazie sur le couple tombent à point non plus. Da Silva n'ayant jamais remonté le moral de personne, elle choisit de mettre un disque de Jehro, ça s'appelait world comme musique, c'est-à-dire qu'*a priori*, ça mettait le monde entier d'accord. Elle avait assisté au concert qu'il avait donné un soir d'août l'an dernier dans les arènes du parc de la commune voisine, Vaux-sur-Mer. C'est dommage il pleuvait, mais ces chênes centenaires qui agitaient leurs branches sous les gouttes et la lumière des spots, elle en gardait un souvenir merveilleux.

Cette musique aux accents reggae sous cette pluie atlantique avait le pouvoir de raviver son goût des mélanges et de l'ouverture.

Elle inspecta le contenu du réfrigérateur, sortit une salade verte et se mit à éplucher des courgettes qu'elle coupa en rondelles au-dessus d'une poêle. Elle confectionna également une omelette avec les œufs tout frais qu'un de ses voisins avait dû déposer en venant la voir ce matin, mais entre le vétérinaire, l'équarrisseur, la fatigue et l'émotion, elle n'avait fait attention à rien. Elle les avait trouvés tout à l'heure, posés dans l'entrée.

Appuyée à la table face au fourneau, elle surveillait les cuissons en pensant toujours la même chose, que pour faire trois trucs vite fait il fallait à chaque fois sortir un tas de bazar.

C'est lui qui entra rapporter leurs verres, tandis que Claire s'affairait à mettre le couvert dehors.

Il proposa de les laisser, s'excusa encore pour la gêne qu'il occasionnait puis obéit à Rose qui le sommait de se taire en attendant que ce soit prêt.

Il tournoya dans la pièce et se laissa bercer par la douceur de la musique, de l'éclairage, du côté farfelu et accueillant de l'univers de Rose.

Sur un rythme un peu bossa le refrain répétait « Aunque tengas preguntas sigues con-ti-nuan-do… pen-san-do… perocon-ti-nuan-do. » alors qu'il détaillait les murs ocre jaune écaillés avec charme par endroits et s'approchait des photos.

Il découvrit Manuel en couleurs faire l'idiot à côté de Rose, et Manuel en noir et blanc et mal rasé attendre un bus dans un pays étranger où il y avait des ânes et des palmiers.

Il se demanda s'il avait pu arriver quelque chose à cet homme si présent, ou bien s'il était simplement absent pour la semaine ou la soirée. À la manière dont Rose déboucha la bouteille de vin en un tour de main, il devina qu'un homme ne le faisait plus pour elle depuis longtemps.

En revenant aux photos, il s'efforça de penser que tout le monde était un jour frappé d'un drame ou d'un chagrin, et qu'il fallait qu'il fasse l'effort de se ressaisir. Il balaya des yeux le dessus du bureau, elle devait s'appeler Rose-Marie Dantrevoix.

En repassant dans la cuisine, il croisa sa propre image dans le miroir et s'arrêta. Il s'approcha de la tête qu'il avait dans la glace et ne put en croire ses yeux. C'était la première fois qu'il se voyait comme ça. Il avait l'air démoli.

— Je vous ai pas fait peur ? demanda-t-il lui-même surpris par les silhouettes qui s'agitaient derrière lui dans la glace.

Tout en continuant ce que chacune était en train de faire, elles répondirent toutes les deux en même temps mais pas exactement la même chose, ce qui donna un mélange amusé de non, non et de si, si, d'un peu quand même, de sur le moment, mais aussi d'un « c'est malin d'en reparler ! » car Rose cachait toujours très mal la moindre contrariété.

Elle sortit la première sur la terrasse en brandissant les poêles lorsque Claire, qui s'apprêtait à la suivre avec la salade, s'arrêta sur le seuil pour observer l'homme désormais seul face au miroir.

Il se regarda, puis tenta de redonner un peu d'allure à sa tenue. Il déroula lentement ses bras de chemise, attacha les poignets, rajusta sa ceinture. Il essaya d'agrandir ses yeux en tirant vers le bas ses paupières inférieures, y renonça, et se passa une main dans les cheveux. Il reconsidéra le tout, soupira bruyamment et parut se contraindre à baisser les épaules pour paraître plus détendu. C'est alors qu'il tourna distraitement la tête vers la partie du miroir où Rose collectionnait ses trésors : un trèfle à même pas quatre feuilles, le programme du mois du cinéma de Saint-Georges, des cartes de visite ou postales.

Claire devina que c'était au gros sticker « J'embrasse mieux que je ne cuisine » qui chapeautait le tout qu'il souriait, et elle commença a appréhender la suite.

Il recula, semblant prêt à les rejoindre, puis s'immobilisa, s'approcha de nouveau du miroir, ne parut pas en croire ses yeux. Il l'avait vue.

Il reconnut le « Communiqué-Message » sur le fond bleu, puis le format, la typographie, le caractère gras de la première ligne, les références pareilles à des hiéroglyphes, il n'avait pas besoin de la relire et pourtant, il le fit.

Tu m'as mis au monde le 12 avril 1969 à la maison maternelle de Rochefort-sur-Mer sous le nom de Nicolas Aimé. J'aimerais tant te retrouver.

Il avait encore avancé d'un pas, il avait le nez dessus et relisait tous les chiffres, les lettres, et le numéro de la boîte postale du journal comme si tous les détails comptaient dans ce portrait photo-maton noir et bleu tout chiffonné de lui-même qu'il détaillait aussi longuement que s'il se fut agi d'une photo brutalement ancienne à laquelle il s'étonnait d'avoir ressemblé.

Claire estima urgent de poser le saladier qu'elle avait dans les mains et fit de grands gestes à Rose pour qu'elle ne bouge surtout pas, puis se mit à agiter sa main droite de la façon qu'on le fait pour indiquer que c'est trop chaud ou que ça va barder.

Elle n'osait pas tout à fait regarder Rose en face, maintenant elle redoutait même carrément la suite, mais tout jeu valant sa chandelle, elle ne voulait rien perdre du moment exceptionnel qu'elle vivait.

Elle retourna à son poste d'observation, il n'avait pas bougé.

À présent il semblait abasourdi. D'avoir relu son annonce ou de l'avoir trouvée là, en tout cas certainement ici.

Elle se tourna vers Rose et lui fit des tas de petits ponts avec un doigt qui allait de ses lèvres à dehors comme si elle allait se mettre à cracher des serpents. Rose devina qu'elle devait appeler pour le dîner, mais ça commençait à l'agacer que Claire lui donne des ordres et se prête en cachette à ce jeu d'espionnage qui lui semblait doublement incorrect, parce qu'en plus, ça allait être froid.

— À table ! lança-t-elle sur le ton le moins énervé possible.

Claire courut s'asseoir et elles attendirent encore un instant avant de le voir arriver, blanc comme un linge malgré la pénombre, visiblement plus disposé à faire une déclaration qu'à se jeter de faim sur une omelette.

Il se planta devant elles deux.

— Vous… vous avez une annonce glissée dans votre glace…

Rose regarda Claire avec surprise, elle était censée l'avoir jetée. En la voyant piquer du nez dans son assiette, elle comprit qu'elle ne l'avait pas fait, et se mit à servir avec une énergie décuplée.

— Oui, dit-elle en se demandant si elle allait choisir après ça de ne plus jamais ouvrir la porte à personne, de ne plus lire une seule gazette ou bien de se remettre au journal intime planqué sous le matelas.

— Pourquoi vous la gardez ?

— Excusez-moi, répondit Rose en posant la spatule en bois dans la poêle mais ça fait déjà deux fois en quelques jours qu'on me pose des questions à propos de Mes Affaires, et pardonnez-moi je ne veux pas vous vexer, mais il y a des moments, où je me demande si je suis vraiment chez moi.

Comme il restait interdit, elle ajouta plus gentiment :

— Vous comprenez ? Je ne vous connais pas. Vous-même ne voulez pas nous dire qui vous êtes, on n'en fait pas toute une affaire mais il me semble que je n'ai aucune raison de me justifier.

— Si ! hurla-t-il le poing sur la table, sur un ton très agressif qui les fit sursauter.

Elles le regardèrent toutes deux avec effroi.

Rose se dit qu'elle venait de faire son choix, elle n'ouvrirait plus jamais la porte à personne, et Claire commençait à paniquer, elle n'était pas sûre d'avoir bien cerné les limites de son jeu.

Elle envisagea qu'elles avaient affaire à un taré qui allait les flinguer toutes les deux, c'est bien d'être isolé mais pas si on va être assassiné.

Elle fit défiler les dernières heures, pensa c'est bête la vie, c'est vrai que ça se joue à un rien, l'annonce, elle l'avait bien chiffonnée et jetée à la poubelle et puis au cours de cette nuit sans fin elle l'avait ressortie, à cause des scrupules, ces sales bêtes qui lui avaient grignoté le cerveau jusqu'à ce qu'elle leur cède, parce que pour Rose, disaient-ils, l'annonce et la jument le même jour, ça ferait peut-être beaucoup.

Il s'aperçut de la crainte qui se lisait dans leurs yeux, ça n'était pas l'effet qu'il voulait susciter, la hargne c'est contre lui qu'il voulait l'exprimer, mais il était à bout, il voulait comprendre ce qui lui arrivait, s'il était fou ou mort, parvenu de l'autre bord, dans un enfer où il serait à son tour non pas un sans-papier semblable à ceux du monde qu'il avait quitté, mais un morceau de papier qu'on harcèlerait à cause de son histoire qu'il ne parviendrait pas à raconter.

— J'ai l'impression d'être dans un cauchemar, dit-il en lançant son regard très loin.

Rose préféra ce ton.

— Si je peux me permettre, ajouta-t-elle avec prudence, je crois que vous n'êtes pas le seul.

Claire la trouva hyper-forte, elle n'était pour sa part pas suffisamment rassurée pour prononcer le moindre mot et découvrait avec stupeur le peu d'éloquence dont on pouvait faire preuve lors de sa dernière heure.

Rose, qui tenait de sa mère d'accorder aux repas l'étouffant pouvoir de chasser les contrariétés, proposa de manger pendant que c'était chaud, et Claire attrapa, en otage obéissante, une rondelle de courgette qu'elle maintint longtemps au bout de sa fourchette en la considérant, comme si elle cherchait à retarder le moment où elle allait devoir lui dire adieu.

— Qu'est-ce qui vous gêne, vous, dans cette annonce ? osa Rose en reposant calmement les couverts de service sur le rebord des poêles vidées de leur contenu, et en s'apprêtant à s'asseoir, sa serviette à la main.

Claire tourna aussitôt vers elle un visage stupéfait. Elle était folle ou quoi ? L'ambiance s'était à peine détendue qu'elle remettait ça, elle n'avait pas perçu Rose aussi suicidaire.

Il semblait pensif et chercher ses mots. Pour se donner du temps ou choisir une réponse il répéta deux fois :

— Ce qui me gêne ?

Claire l'observa furtivement et fut rassurée par son allure moins brutale. Il paraissait ne pas comprendre la question. Tant mieux.

Il avait retrouvé son air hagard, et son visage et le son de sa voix avaient perdu l'expression de violence qui lui avait fait si peur.

Mince alors… ! Son habituelle admiration envers Rose recouvra ses droits, elle avait fait avancer le jeu sans trembler et la partie paraissait bien engagée. Claire ressentit à nouveau un peu de son excitation perdue, et engloutit sa courgette sans même lui dire au revoir.

Il se tenait toujours debout face à elles, prisonnier de lui-même.

Il avait les mains jointes au bout de ses bras pendants, seules les menottes aux poignets manquaient à l'impression qu'il donnait de se trouver face à un tribunal.

Atteinte du même syndrome, Rose lui avait servi un verre de vin et à présent lui tendait une cigarette.

— Vous ne voulez pas me dire pourquoi vous la gardez ? reprit-il en inclinant la tête vers la flamme du briquet qu'elle brandissait comme la statue de la Liberté.

Rose croisa l'inquiétude des yeux qui s'étaient approchés de la lumière.

Il la regarda, se demandant à son tour qui elle était.

Sans la rencontre des deux femmes de Rochefort, il aurait forcément envisagé qu'elle était sa mère. N'y avait-il pas qu'une mère pour conserver et relire, peut-être tous les jours, pour l'exposer ainsi, la seule lettre qu'il lui ait écrite ? par le biais d'une gazette gratuite, tant la vie les avait séparés et perdus ?

Si c'était elle, pourquoi ne lui avait-elle pas répondu ?

Hésitait-elle encore à le faire ? Gardait-elle l'annonce tel un « pense-bête » ? Quelles étaient ses raisons ?

Il avait remarqué que l'annonce était chiffonnée.

Il tentait de deviner.

Ce qu'il voyait, c'est que si c'était elle, il ne serait plus ce Nicole-a-aimé qui venait de l'anéantir, mais le Nicolas que cette femme avait sans doute aimé au point de lui laisser pour preuve ce deuxième prénom, et qu'elle hésitait encore à aimer en gardant son annonce.

— Et vous, pourquoi vous voulez pas nous dire ce qui vous arrive ?

Claire apprécia le « nous », franchement c'était sympa, elle ne faisait rien pour mériter ça à part écouter son cœur battre de peur ou d'excitation. « Le jeu de l'Annonce » c'est comme ça qu'elle l'appellerait. Et elle se mit à réfléchir aux thèmes habituels de ces rubriques pour tenter de savoir si on pouvait y participer avec n'importe quel sujet, et comment elle ferait pour le commercialiser.

Il nota que Rose lui répondait par une nouvelle question. Ça pouvait durer longtemps, pensa-t-il, deux têtes fortes dont aucune ne veut céder la première.

Pourquoi restait-il ?

Claire l'aurait dit piqué au jeu.

Cette femme semblait aussi peu disposée à lui répondre que celle à qui il avait écrit.

Était-ce parce que c'était la même ? – il eut tant aimé que les vieilles demoiselles de Rochefort se soient trompées – ou bien parce que c'était une autre qui cherchait à lui ressembler ?

Il tenta de sonder son regard.

Rose s'en trouva gênée.

Elle but une gorgée de vin, fuma, tapota sa cendre dans le cendrier, cette cendre-là, puis celle qui n'était pas encore formée, puis celle d'après aussi, lui sourit, et rebut une gorgée.

Il la trouva bien mal à l'aise pour quelqu'un qui garde innocemment une annonce.

Il se demanda alors si elle avait pu faire partie de celles qui lui avaient écrit et qui, en guettant sa réponse, avaient gardé le communiqué de la gazette en point de départ.

Il repensa vite fait à ces lettres, mais aucune ne lui correspondait. Aucune, sauf la dernière peut-être. Que disait-elle déjà, de plutôt mystérieux ? Ah oui. C'est comment un homme qui cherche sa mère ? ou quelque chose comme ça. Ça ne paraissait pas non plus lui ressembler, cette façon d'agir, mais il n'était pas sûr.

L'autre en revanche, qui ne disait rien, à moitié tétanisée par la situation, aurait pu le faire.

— Vous lui avez déjà répondu à cette annonce ?

— Non, décréta Rose qui s'apprêtait au même instant à vouloir faire avancer les choses.

— Non, non, bafouilla Claire qui n'avait pas envisagé jusqu'à ce qu'il tourne les yeux vers elle qu'elle était concernée.

Il la trouva bizarre, ou émotive. De toute façon ça n'avait pas grande importance, ce qui comptait c'était ce que cette annonce faisait là.

Il commençait à perdre patience.

— Je vais vous répondre, décréta Rose en se levant et en commençant à reprendre dans les assiettes les morceaux d'omelette et de courgettes froides avec l'intention d'aller les réchauffer.

« Je vais vous faire la même réponse que celle que j'ai faite à Claire ces derniers temps, je garde cette annonce parce que je la trouve touchante. Voilà, c'est tout. »

Il tenta de comprendre.

— Qu'est-ce que vous lui trouvez de touchant ?

Il avait l'air interloqué.

— Décidément, les enfants ! s'exclama-t-elle, les mêmes questions, les mêmes réponses ! Claire jeta un coup d'œil complice vers lui, mais il ne lâchait pas Rose des yeux. Eh bien la même chose qu'à une marguerite, à un nid d'oiseau, un coquillage ou un haïku – c'est un petit poème japonais précisa-t-elle en regrettant déjà cette marque de snobisme – ce sont, je ne sais pas… des petites preuves de la fragilité de l'existence !

À présent il paraissait indigné.

Comment pouvait-elle parler de son annonce comme d'une petite preuve de la fragilité de l'existence ? Considérait-elle que l'abandon, les placements, les familles d'accueil, les services sociaux, la merde qui te tombe dessus comme un héritage auquel t'as tout de suite droit, étaient des petites preuves de la fragilité de l'existence ? Mais elle se foutait de lui ou quoi ? Il cherchait un moyen de retenir sa colère lorsque, sensible à son attitude choquée, elle ajouta :

— J'avais perdu ma mère depuis peu lorsque je suis tombée sur cette annonce. Je me souviens, j'étais assise sur la baignoire qui sert d'abreuvoir aux chevaux, au soleil, et j'attendais qu'elle se remplisse. J'avais oublié de poser le courrier dans la maison en redescendant de la boîte aux lettres avec les chiens, et comme je n'avais rien de spécial à faire et que les chevaux ne venaient même pas me voir, j'ai trié les factures d'un côté et je me suis mise à feuilleter la gazette.

« C'est curieux parce que je l'ai ouverte directement à cette page, et mes yeux sont tout de suite tombés dessus.

« Le "Tu m'as mis au monde" en gras comme ça, ça m'a interpellée. Pas parce que j'étais concernée, ça risquait pas, je me suis plutôt dit c'est quoi cette histoire ?

« J'ai vite compris que c'était celle d'un type qui recherchait sa mère, et alors quand j'ai lu "j'aimerais tant te retrouver" je me suis sentie follement émue parce que c'était la phrase qui paraissait le mieux expliquer mon chagrin.

« Cette annonce pour moi, elle traduisait l'absence. L'absence qui a toujours existé, ou qui vient juste de commencer.

« Après j'ai couru fermer l'eau parce que la baignoire s'était mise à déborder, et en entrant dans la maison j'ai failli jeter la gazette mais j'ai trouvé que cette annonce ne méritait pas ça. Alors j'ai recherché la page, j'en ai replié les bords, je l'ai déchirée, et je l'ai glissée dans la glace. »

— C'est moi, dit-il, les larmes aux yeux, avant que le silence ne se réinstalle, il avait prévu de le faire de cette manière pour que ce soit vite fait, pas solennel, juste la suite logique de son monologue à elle, parce que c'était déjà pas mal si ça se finissait comme ça, il ne maîtrisait pas très bien tout ce qui se passait, il se sentait tendu entre la violence et la tentation de fondre en larmes, comme un gosse ! Merde ! Alors il valait mieux en finir tout de suite pour qu'elle arrête de faire de la poésie, c'était de lui dont elle parlait.

Ils se dévisageaient tous les trois avec la même expression de stupeur, les yeux brillants et des sourires aux lèvres qui tardaient à sortir.

Seule Claire paraissait plus gênée, non pas en raison de sa position de retrait dans cette rencontre, mais parce qu'elle avait fait quelques gouttes dans sa culotte au moment où il avait dit c'est moi. L'émotion. Elle avait cru qu'il avait gagné. Elle se demandait comment Rose à son âge faisait pour tenir le coup, c'est fou comme elle l'admirait. Elle la dévisageait en souhaitant que les choses durent encore longtemps de cette manière entre elles. Elle n'avait aucune idée de la façon dont tout cela allait tourner.

Elle les observa l'un l'autre à tour de rôle, et se dit qu'il fallait absolument qu'elle trouve une suite à son jeu, autrement ils allaient tous les deux rester paralysés sur la case « Ne sait pas quoi faire » : une sorte de puits qui fait passer des tours. Pour en sortir, elle envisagea que ce serait le chiffre « neuf » tenté avec deux dés, qu'il faudrait obtenir. Oui, très bien, on en sortirait à neuf.

Mais pour l'heure, sans les dés il fallait des idées, c'était à elle de relancer la partie.

Voyons…

Déjà, ce type partirait-il demain comme il l'avait prévu ? Et leur petite vie à elles deux reprendrait. L'annonce en moins. Ou bien resterait-il, un peu, longtemps, à la folie, pas du tout ? Le temps d'une marguerite. Ou d'une Rose.

Là, par exemple, rêvait-il de la baiser, en la mitraillant avec autant de tendresse ou bien cherchait-il la mère qui avait gardé son annonce ? L'un n'empêchait pas l'autre d'ailleurs.

Rose dirait que le réchauffement climatique faisait bien fondre les glaciers, pourquoi pas les durs à cuire dans son genre !

Bien qu'elle concevait le rôle nouveau pour elle, mais il était temps qu'elle l'assume, elle voyait davantage Rose en mère, qu'en maîtresse. Pas seulement parce que ça l'arrangeait, mais… parce que. D'abord c'était elle qui y avait pensé la première, et en plus c'était elle qui avait le jeu en main.

Et puis parce qu'autrement quel rôle jouerait-elle, elle ? Celui de la bonne, ou celui de leur fille ?

Non, il valait beaucoup mieux que Rose fasse la mère, elle pourrait même aller jusqu'à l'adopter si ça lui chantait et lui donner son nom. Il n'avait toujours pas expliqué les problèmes qu'il semblait avoir avec le sien.

Ni-co-las Dan-tre-voix !! Hou là ça sonne la Classe ! pensa-t-elle, pour se défouler un peu.

Non, si quelqu'un devait faire la maîtresse, bon elle-même le ferait, mais ce serait vraiment pour dépanner. Ce type avec sa belle gueule avait dû sauter des tonnes de filles torrides hyper-expérimentées, elle n'était pas du tout pressée de lui montrer ce qu'elle savait faire. Enfin, ce serait peut-être l'occasion de s'y mettre. Rien qu'à le regarder, ça valait le coup d'essayer.

Si jamais elle sortait avec lui, ce serait la première fois qu'elle sortirait avec un type aussi beau. Imagine.

On est tellement heureux qu'on se marie !

On s'appelle tous les trois Dantrevoix !

Tout en observant Nicolas, elle se voyait déjà tourner en robe blanche autour des pommiers, lui, cherchant à l'attraper pour l'embrasser et culbuter dans les foins la nouvelle coquine qu'elle serait devenue, tandis que Rose toujours assise sur la nappe du pique-nique garderait le bébé qu'ils auraient eu, avant, ben pourquoi pas, en vrai, ou alors dans une vraie pochette surprise, les nouvelles, celles qu'elle allait se mettre a inventer, parce qu'elle avait tout à coup une tonne d'idées !

Elle était heureuse, elle trouvait tout magique et proposa de refaire, en emportant le pichet, une tournée de « marguerites » dont le nombre de pétales dirait toujours : à la folie.

Il continuait de fixer Rose, complètement ébahi, les yeux toujours aussi brillants.

En recherchant sa mère, il avait atterri chez cette femme qui gardait son annonce. Pourquoi ? et comment ?

Il avait bien entendu son explication, mais sa totale inexpérience en matière de deuils ne lui avait pas permis de comprendre. Lui, à sa naissance, il n'avait déjà plus de parents.

N'avait-elle pas d'enfants, elle, pour l'entourer en pareilles circonstances ? Il se souvint quelle avait dit « ça risquait pas ». Pourquoi ? Parce qu'elle n'avait pas voulu en avoir ou bien parce que c'était un vœu qu'elle n'avait pas réalisé ? Avec l'homme des photos par exemple qu'il n'avait toujours pas rencontré.

Tandis qu'il essayait toujours de deviner, il fut tenté de ne voir en elle qu'une femme seule, qui s'était prise à rêver à la lecture d'une annonce dans une gazette d'un impossible amour filial, comme d'autres achètent des romans roses sur un quai de gare.

Il lui sourit avec tendresse, impatient de démêler l'étrange fil d'Ariane qui l'avait mené jusqu'à elle.

Il allait lui proposer de retaper un peu les bâtiments en échange de quelques nuits dans la grange. D'après ce que Claire lui avait dit, c'était plus ou moins comme ça qu'elle-même vivait ici. Peut-être que Rose accepterait de lui faire le même contrat.

Il attendit que Claire finisse de remplir les trois verres, puis il leva le sien en disant d'une voix douce : À vous, Rose-Marie !

Il avait prévu d'ajouter quelque chose de plus personnel mais il n'osa pas, et se contenta d'en faire trois mots. À cette annonce !

Il insista pour dormir dans la grange. C'était son intention en sonnant à la porte : retrouver les conditions d'un des rares souvenirs heureux de son enfance. Au moment où il allait s'allonger sur son lit de fortune, un chat de la maison, visiblement content d'avoir du renfort dans son territoire de chasse, vint se frotter à ses jambes.

— Ah ! Salut ! lui dit-il. Tu tombes bien, j'ai justement des questions à te poser. D'abord – il se redressa et se mit à caresser le chat – je voudrais savoir si tu as déjà été tenté de grandir plus vite et pourquoi.

S'efforçant sans doute de communiquer une réponse intelligible aux humains, le rouquin qui frétillait sous sa main avait arrondi son dos et dressé sa queue, il semblait à son maximum de taille.

— Ah bon ? répondit l'homme inquiet d'avoir à envisager un quelconque rapport entre la tendresse de ses caresses et le fait de grandir.

« Ensuite j'aimerais te demander, toi qui fais partie d'une race de fugueurs si tu connais l'endroit où finissent tes semblables. Se posent-ils un jour quelque part, ou continuent-ils de courir le long des routes jusqu'à devenir moins vifs que les voitures ?

« Parce qu'aujourd'hui, confia-t-il au chat roux qui à présent se léchait le ventre tel un bouddha repu, je me suis fait peur. »

Rose, malgré sa nuit blanche de la veille, ne parvint à trouver le sommeil qu'après s'être relevée prendre un demi-cachet.

Maintenant que cet homme était là, pratiquement sous son toit, elle repensait aux propos de Claire. Debout en chemise de nuit, ses cheveux gris défaits et son verre d'eau à la main, elle regardait par la fenêtre de sa chambre mansardée poindre les premières lueurs du jour.

Apaisée d'avoir commencé par se donner raison – jamais elle n'aurait découpé cette annonce sans le récent décès de sa mère – elle s'était montrée moins impatiente de convenir qu'elle n'en aurait jamais eu l'idée non plus s'il y avait eu une seule personne dans sa vie.

La brume avait beau se dissiper sous ses yeux comme on retire les draps blancs dont on a recouvert les meubles précieux d'une villa abandonnée pour l'hiver aux embruns de la mer, elle n'en revenait pas. Elle se demandait qui, d'elle ou de sa solitude, avait trahi l'autre en premier.

Son chien Clyde qui la suivait partout s'était assis près d'elle. Rose adorait cette façon qu'il avait de la fixer avec l'air de lui dire que, dans ses pensées, elle l'avait oublié. Il paraissait guetter son retour.

Elle se baissa pour être à sa hauteur, et se mit à lui caresser la tête.

Tu resteras toute ta vie avec moi hein ? Ils se fixaient, les yeux remplis d'amour l'un pour l'autre. Toute ta vie, reprit-elle, mais pas plus.

Claire, elle, s'était couchée, hilare. Elle avait trop bu c'est sûr, mais même, attends c'est trop délire ! Le type de l'annonce !

Demain elle rappellerait Isa pour tout lui raconter, elle appellerait tous les gens qu'elle connaît d'ailleurs, sauf François, mais il était impossible qu'elle n'ait pas joué un rôle dans cette histoire. Ils lui diraient chacun leur tour ce qu'ils en pensent, mais elle était à peu près convaincue d'être devenue quelqu'un d'indispensable.

La dame du tableau cette fois n'avait pas l'air de la suivre. Faut dire qu'elle était restée toute seule dans le noir, la pauvre, son bouton de rose à la main.

Claire essaya tant bien que mal de se déshabiller, puis se glissa dans son lit pour finir de retirer sa jupe et sa deuxième sandale.

Le Jeu de l'Annonce ! lança-t-elle comme un truc qui fait peur, après avoir éteint la lumière.

Elle gloussa encore sur son oreiller, oh là là, comment elle allait s'y prendre pour mettre tout ça en forme… puis finit par s'endormir dans les labyrinthes de son projet, n'allant quand même pas jusqu'à imaginer que, dix ans plus tard, deux enfants du quartier y joueraient pour de vrai.

L'autre jour, j'étais chez mon copain Tom et sa mère nous a dit : « Soyez gentils, les garçons, allez déballer les cartons de vaisselle qui sont au grenier. »

Ça nous faisait chier évidemment, on était en pleine partie de jeu vidéo dans sa chambre, mais on essayait d'être sympa avec elle.

Depuis que le père de mon copain s'est barré, sa mère pète tous les jours une assiette ou un verre en pleurant. C'est vrai que chez eux il reste plus trois assiettes pareilles, et quand Tom lui a proposé devant moi de l'accompagner racheter de la vaisselle au supermarché elle a dit pas question. Elle a dit que racheter de la vaisselle c'était prendre un nouveau départ, et que quand elle voyait les arrivées ça lui passait l'envie des changements.

Chez moi c'est différent, tout le monde en a connu plein, des changements.

Soudain elle s'est souvenue de ces cartons qui dataient de leur déménagement, elle a dit que c'étaient des vieux services de famille qu'elle n'avait pas osé jeter, et que pour une fois que sa famille lui rendrait un service…

On a commencé à déballer, en s'emmerdant un peu, on faisait des piles de choses moches. Des bols jaunes transparents, en pire-que-mon-ex, dirait ma mère à la vue du Pyrex, et des assiettes pareilles, en forme de marguerites géantes, dont j'imaginais bien la mère de Tom compter à genoux les éclats de verre au sol pour savoir si son mari l'aimait encore.

Moi, la mienne c'est ce qu'elle aurait fait.

Et puis tout à coup, en sortant une tasse, je suis tombé dessus ! Moi aussi ! Oh là là ! J'étais fier ! Comme ma grand-mère Rose-Marie ! J'suis tombé dessus ! Exactement comme elle y'a dix ans ! J'ai crié « C'est l'annonce de mon père ! C'est l'annonce de mon père ! » et je l'ai montrée à Tom qui n'en revenait pas même s'il connaissait toute l'histoire.

Tom est mon meilleur ami, on se connaît depuis qu'on est petits.

Ça nous a fait rire, et on s'est remis au boulot avec plus d'ardeur en veillant distraitement aux rubriques des gazettes.

Environ cinq minutes plus tard, c'est Tom qui a hurlé : « Moi aussi je l'ai ! Moi aussi j'ai l'annonce de ton père ! » Fais voir ? On a éclaté de rire, on s'est tapé dans la main et on a dit un partout. Du coup on s'est mis à déballer comme des cinglés, on en a trouvé plein, on les collectionnait chacun dans notre coin et moi j'arrêtais pas de répéter : c'est le Jeu de l'Annonce ! c'est le Jeu de l'Annonce ! parce que ma mère m'en avait tellement parlé comme d'un truc dément.

Quand je suis rentré à la maison j'en avais vingt-neuf. On en était à onze-treize quand on a fini les cartons mais on en a encore trouvé cinq dans les feuilles du début qu'on avait mal regardées. Tom me les a toutes filées.

Vers la fin, il y en avait eu des faciles, juste sur le dessus, mais je voulais que ce soit Tom qui les trouve. Moi au Jeu de l'Annonce j'avais gagné un père, et lui si j'ai bien compris, c'est au même jeu qu'il avait perdu le sien. À la rubrique « Rencontres ».

Quand j'ai raconté ça à table, mon père a dit que c'est pour ça qu'il n'avait jamais retrouvé sa mère biologique. À cause de tous les gens qui avaient piqué sa gazette pour faire leur déménagement.

Il a ajouté que le tournant d'une vie pouvait se jouer à ces petites choses, et on a tous éclaté de rire parce que c'est la façon qu'il a de se moquer de Rose-Marie. Il lui a fait un tendre bisou sur la joue et elle lui a donné une petite tape sur sa main de mauvais garçon.

Ma mère, elle, a voulu que je raconte l'histoire trois fois, mais comment j'étais tombé dessus, mais comment Tom aussi, mais de quand datait ce déménagement, dix ans, mais oui, c'est vrai, un an de moins que moi. Dire qu'ils avaient emballé leur vaisselle avec la gazette de l'annonce, c'était incroyable ! Incroyable ! elle n'aurait jamais dû laisser tomber le projet de son jeu mais elle ne pouvait pas être partout ! Quand elle voyait les ramifications que ça pouvait avoir ! Elle avait peut-être raté la fortune !

Ma mère gagne cependant bien sa vie avec ses livres pour enfants. Elle raconte et dessine des trucs complètement ouf, je me demande parfois comment autant de gens achètent ça tellement c'est dingue. Y'a toujours des ronds-points avec des issues invraisemblables, des monstres qui deviennent des fées et des labyrinthes dont on ne sort qu'à l'aide de messages codés.

Mon père, ça le fait rigoler. Il lui dit : Claire, plus c'est fou, plus tu me rappelles ma mère ! Alors en général elle se lève, son verre d'eau qui lui sert à tremper ses pinceaux dans la main, et elle lui court après dans toute la maison jusqu'à le lui jeter à la figure. Après il l'attrape, il lui tord à moitié le bras, ils rient, ils s'embrassent. Des gosses.

Parce que moi du côté de mon père, j'ai deux grand-mères. La folle, celle qu'on connaît pas, on sait juste qu'elle s'appelle Nicole, qu'elle a abandonné mon père, et que de temps en temps si on a envie de péter un câble il faut pas qu'on s'affole, ça vient d'elle. C'est en tout cas ce que mon père m'explique, mais quand il me parle de ça, je ne sais pas si ce n'est pas plutôt à lui qu'il s'adresse.

Quand il n'est pas en train de m'éplucher la vie, mon père travaille à mi-temps dans un magasin de bricolage. Je crois que c'est parce que ça l'amuse de répondre : Je bricole, quand on lui demande sérieusement dans quelle branche il travaille. Et le reste du temps il s'occupe des chevaux, du jardin et de la fin de nos travaux. Il a agrandi une aile de la maison de Rose-Marie, mon autre grand-mère, celle que j'aime, celle qui depuis qu'elle a adopté mon père ne veut plus qu'on l'emmerde avec rien, mais qui nous invite quand même toutes les cinq minutes à manger.

C'est chez elle que mon père a trouvé l'annonce. Moi c'est chez Tom.

Le Jeu de l'Annonce, ils en parlent tout le temps. Comment ils se sont rencontrés, comment ma mère avait tout prévu, mais tout ! c'est dingue…

Pour rigoler des fois elle me dit : T'es qu'un pion. Je l'adore.

Ma mère rit tout le temps, elle invente des jeux, des enquêtes bidon. Des fois elle nous saoule.

Mon père prétend qu'il s'est marié avec elle parce qu'elle avait pour nom de jeune fille Barré. Ça lui donnait l'impression d'avoir épousé La Fugue.

Sur ma mère on ne sait rien. Encore un point commun avec la fameuse Fugue.

On a juste remarqué que lorsqu'elle met les assiettes à vieilles roses de sa grand-mère à table, il faut faire la vaisselle à la main.

On sait même pas si elle a vraiment existé cette grand-mère. C'est ce qu'il y a de plus bizarre. Ma mère dit qu'elle n'a pas d'histoire et que c'est pour ça qu'elle est toujours fraîche et disponible aux autres. « Pas cassée par les névroses. »

C'est vrai que celles de mon père et de Rose-Marie plombent un peu, surtout lorsque mon père se met à faire un amalgame entre la mort du mari de Rose-Marie et l'accident qu'il est persuadé d'avoir provoqué. Heureusement ça ne s'est pas passé le même jour, mais le hasard a voulu que ce soit au même endroit. C'est ce qu'ils ont découvert en démêlant, dès leur rencontre, le fameux fil d'Ariane.

Cette fâcheuse coïncidence fait toujours partir mon père dans des délires, le fameux pétage de plomb qui vient de sa mère biologique et qui, j'espère, sautera ma génération. Je n'en ai pas encore la preuve, mais pour toutes ces raisons j'essaie, au grand désespoir de ma mère, d'être un enfant normal.

C'est surtout Rose-Marie qui me donne cet équilibre. Pour elle, mon père porte le poids du monde depuis son abandon, mais de jour en jour nous allégeons son fardeau.

Elle m'apprend à profiter du bonheur d'être avec mes parents, des parents qui n'ont pas dû rigoler souvent dans leur vie d'enfant. Et qui y goûtent maintenant.

Rose-Marie m'enseigne aussi les races d'oiseaux et à surveiller leurs nichées. Je dois faire attention en nettoyant leurs abreuvoirs et leurs piscines, à ne pas déloger Catherine Laborde, une rainette qui soi-disant lui donne la météo.

Elle observe que je coupe les orties aux ciseaux pour ne pas chasser les libellules, et les ronces au sécateur pour préserver les mûres. Elle m'explique toujours le tri sélectif avec un topo sur la connerie humaine, et précise à chaque fois qu'elle n'avait jamais envisagé devoir transmettre ce message à quelqu'un.

Rose me donne tout ce qu'elle juge bon que je sache, Rose est la seule à pouvoir me transmettre une histoire.

Rose surtout, aime le nouveau Manuel Dantrevoix que je suis.

C'est mon père qui y avait tenu, elle lui avait donné son nom, il lui rendait par le biais de son fils le prénom de l'homme qu'elle avait aimé.

Ça commençait à faire famille, hein ?

Au départ, elle avait refusé – ma grand-mère commence toujours par dire non ou par fermer sa porte – et puis elle s'était habituée, et plus aucun autre prénom ne lui plaisait.

Mon père ressentit l'impressionnant soulagement de replanter un arbre, et ma mère trouvait que Manuel ça faisait guide pratique pour bébé qui ferait de moi un enfant facile.

Des fois, elle m'appelle encore Manuel Pratic. Ça me fait rire, ça fait groupe de ska je trouve.

Pour mon anniversaire, Rose m'a offert une ponette. Une grosse Welsh avec de longs fanions. Ça me rend doublement heureux parce que d'une part j'ai mon propre cheval pour l'accompagner en promenade, et d'autre part cela prouve que Rose se met à remplacer les chevaux qu'elle a perdus.

Comme je ne suis pas tout à fait sûr encore d'avoir trouvé la place qui me revient dans cette curieuse famille, j'ai décidé d'appeler ma ponette Gazette.

Quand je leur ai annoncé, ils m'ont pris tous les trois dans leurs bras.

C'est ce que je voulais savoir.

Je tiens à remercier Isabelle Laffont, mon éditrice, pour la confiance qu'elle me témoigne, et Anne-Sophie Stefanini pour sa gentillesse et sa patience à l'égard de mon travail.

Merci aux personnes qui m'ont accompagnée dans mes recherches tout au long de l'écriture de ce roman.

À la mémoire de Martine, 1960-1999.

Composition et mise en pages réalisées
par IND - 39100 Brevans

Achevé d'imprimer par GGP Media GmbH, Pößneck
en Janvier 2010
pour le compte de France Loisirs,
Paris

N° d'éditeur : 58094
Dépôt légal : Février 2010
Imprimé en Allemagne